凶獣の村

捜査一課強行犯係・鳥越恭一郎

櫛木理宇

角川春樹事務所

目次

凶獣の村

捜査一課強行犯係・鳥越恭一郎

プロローグ

高架下に生えた木々も、はびこる蔦も濃緑に染まっていた。

また季節がめぐったのか、と彼女は思い知る。この時期を、あれから幾度も迎えてきた。

「今年で何年目、来年で何年目——と数えるのは、もうやめる」と先日、夫に言われた。苦痛でしかないからだと。

気持ちはわかった。彼女とて、やめてしまいたかった。しかし結局は、やめられぬまま現在にいたる。

——そうしてここに来ることも、やめられない。

眼前には灰いろの空が広がっていた。

高架橋を行きかう車群。臭う排気ガス。バックファイアの音。子どもの笑い声。屋外用のスタンド灰皿からは副流煙が流れ、自動ドアが開閉するたび、揚げ油や出汁の香りが漂ってくる。

彼女はバッグを探り、ゆっくりとしゃがむ。取りだしたチョコレートの箱を、その場所にそっと置く。

両の掌を合わせ、目を閉じた。拝んでいるのではない。

彼女は祈っていた。

――いつか、還(かえ)ってきてください。お願いします。お願いします。お願いします。お願いします。お願いします。

――あの世になんか、まだ行かないで。

彼女は、ふと目を開けた。かたわらに人の気配を感じたせいだ。しゃがんだまま、ななめ上方を見上げる。若い女性だった。三輪タイプのベビーカーを押している。むっちりとよく肥った乳児が、背もたれに身を埋(うず)めるようにして眠っている。

なんとなく視線が合い、なんとなく黙礼した。

「……最近、引っ越してきまして」

若い母親はぼそぼそと言った。

「ここで昔、子どもがさらわれたそうですね」

「ええ」

彼女はうなずく。次いで、壁のポスターを見上げる。日焼けですっかり色褪(いろあ)せたポスターだ。『この子を探しています』『どんな情報でも結構です』『以下にご連絡ください』の文字が躍り、警察署の電話番号が大きく刷られている。そしてカメラに向かって微笑(ほほえ)む、幼い少女の写真。

「子どもを産んでから、この手の事件がすごく怖くなってしまって……。おかしく聞こえるでしょうが、素通りできないんです」

「なにもおかしくありませんよ」

彼女は言った。「わかります」

いま一度、黙礼を交わす。

ベビーカーを押して去る母親の背を見送り、彼女はチョコレートの箱を回収して立ちあがった。ふたたび空に目をやる。

鴉(からす)が群れ飛んでいた。怖いほどの大群だ。

しかし、一羽も降りてこない。彼女がここに置く菓子や団子を、鴉に狙(ねら)われたことは一度とてない。

——鴉がお墓のお供えを取っていくんは、仏さんが成仏した証(あかし)なんて。

幼い頃(ころ)、祖母からそう繰りかえし聞かされた。

——逆に鴉が取っていかんとな、みんな『仏さんへの供養が足りとらん』言うて、こぞってお供えを増やしたもんよ。

——取っていかないでね。

彼女ははるか遠くの鴉に祈る。

どうか、取っていかないで。わたしのあの子に成仏なんていらない。必要ない。だからお願い。これからも取っていかないで——。

足もとを風が吹き過ぎる。

よそよそしいまでに冷えて、乾いた風であった。

第一章

1

梅雨（つゆ）入りしたばかりの空は、重苦しい鉛いろだ。

時刻は朝の七時台である。しかも平日だった。市井の人びとが、もっとも忙しい時間帯だろう。

ある者は登校する子どものためキッチンに立ち、ある者は自分が出勤するためメイクをする。ある者は朝食を抜いて駅に走り、ある者は満員電車を降りて会社へ向かう――。そんなふうに、おそらく世の七割強の人間が忙（せわ）しなく立ち動いている。

鳥越恭一郎（とりごえきょういちろう）も、そのうちの一人であった。

彼は築三十年を超える１ＤＫアパートを出て、駅に向かって歩きだしたところだ。長年勤めた会社（カイシャ）に出勤するためだった。

降りそうで降らない絶妙の曇天だった。鉛いろの空を背景に、電線がたわんでいる。そのたわみに鴉（からす）が数羽とまっていた。

ハシブトガラスだ。都市部に多く棲息（せいそく）する、体軀（たいく）の大きい鴉である。

鳥越の目が、一羽の雄(おす)の瞳(ひとみ)と合った。

壮年の雄だった。電線からぱっと飛びたつ。まっすぐ降りてきて、鳥越からほんの一メートルほど離れたブロック塀にとまる。

――よう。

口には出さず、鳥越は目で挨拶(あいさつ)した。

濡(ぬ)れ濡れとした黒い瞳で、鴉は静かに彼を見かえした。もの言いたげな眼差(まなざ)しだ。なにかを警告するように「アア」と一声鳴き、ふたたび飛びたっていく。

黒い羽を見送って、鳥越は首をかしげた。

――職場(カイシャ)で、なにかあったかな。

そんな予感がした。

角を曲がり、横断歩道を渡ると駅だった。

改札をくぐる。顔馴染(かおなじ)みの女性駅員と目が合い、脊髄(せきずい)反射的に微笑む。

彼女が顔を赤らめるのがわかった。微笑んだまま、すれ違う。

べつだん、彼女とどうにかなりたいわけではない。ほんとうにただの反射だ。鳥越のカイシャと業務内容からして、市民に愛想を振りまいておくのは得策なのだ。強面(こわもて)の脅し役は、同僚が喜んで担ってくれる。

――L県警察本部、刑事部捜査一課強行犯第三係。

それが彼の〝カイシャ〟、ならびに所属先であった。

「おうトリ、いいとこへ来た」

捜査一課の執務室に入った瞬間、上司の鍋島警部補が片手を挙げた。

「おまえ、いま空いてるよな？」

「空いてるといえば空いてますが」

鳥越はわざと顔をしかめた。

「デートの誘いですか。懲りずに、まだおれの純潔を狙ってますね？」

「阿呆」

鍋島は決裁板で鳥越を叩いた。凶悪犯でも震えあがる強行犯第三係長の鍋島に、こんなもの言いができるのは鳥越だけだ。

「冗談はともかく、片桐班が出張った件は知ってるよな？」

「三ツ輪さんのコロシですね。ええ」

鳥越は頬を引き締めた。

「それだ。今朝早く、犯人からコンタクトがあった。電話でなく、楓花ちゃんの身代金を要求する封書だった」

鍋島の声音は、苦りきっていた。

「コロシの特捜本部は片桐班が担当する。しかし誘拐で確定となりゃ、特殊班の出番だ。……ついては人手が足らんので、鍋島班からも応援を寄越せとよ」

「応援はかまいませんが、おれでいいんですか?」

鳥越は己の顔を指した。

「どう見たっておれは張り込み向きじゃない。こんないい男、目立ってしょうがないですよ」

「わかってる」

珍しく、鍋島係長は素直に応じた。

「だが『なるべく警察官(サツカン)に見えんやつを派遣しろ』と、捜査一課長(イッカチョウ)じきじきのご命令だ。いま捜一(ソウイチ)で空いてるのはうちの班だけ、そしておまえ以外の班員といえば——」

親指で、鍋島班の島を示す。

巡査部長六人、巡査六人が机を寄せて作った島である。鳥越以外の男性刑事はいかにも目つきが鋭く、表情が険しく、がっしりした筋肉質の体形だ。

「あんなもん誰(だれ)が見たって、刑事か反社でしかねえ」

「ですね」鳥越は肩をすくめた。

「わかりました。ここはおれが行くしかなさそうだ。この美貌(びぼう)も、たまには世のためになりますな」

実際、鳥越は美男子である。

百八十センチをゆうに超える長身。米軍の軍人だったという祖父譲りの長い脚に、彫りの深い美貌。どれも、警察官のイメージからはほど遠い。

マチズモの権化と言える警察社会を、鳥越は道化を演じることで渡ってきた。亡き父が同じく県警の刑事であった事実も、大いにプラスにはたらいた。

――サラブレッドの二世捜査員。

――父親ゆずりの美男子ながら、父になかった愛嬌もある刑事。

それが、県警本部内の鳥越への評価であった。

「よし」

鍋島が己の両掌を打ち合わせて、

「トリおまえ、三ツ輪さんの件についてどの程度把握してる?」

と尋ねてきた。鳥越は答えた。

「おおよその概要だけです。三ツ輪さんが出先で殺され、連れて出たはずの孫娘はいまだ発見できていない、と」

被害者は三ツ輪勝也、六十三歳。L県警捜査一課の元捜査員である。

と言っても、県警にいたのは三十代までだ。

四十の坂を越えてからは暇な不人気署に異動願を出し、定年までの約二十年間をゴンゾウ――要するに、やる気のないお荷物警察官として過ごした。

定年退職後も再就職はしなかった。息子たちの孫と毎日機嫌よく遊び、ドライブし、食べ歩きをしていたという。

その三ツ輪が、死体で発見された。

発見されたのは日曜の早朝。つまり昨日だ。

現場は、県庁所在地から高速で一時間以上かかる下志筑郡胎岳村。

三ツ輪の遺体は、愛車のボディにもたれるように座った姿勢で見つかった。腹部に二箇所、胸部に一箇所の刺創が認められた。

そして一緒だったはずの孫娘、楓花ちゃんが消えていた。

まずは村の消防団員が、半径三キロ以内を捜索にかかった。現場に所轄署員と県警の応援が着いてからは、半径八キロ圏内まで捜索の手は広がった。だが楓花ちゃんの姿は発見できぬまま、現在にいたる。

「楓花ちゃんは、三ツ輪さんの次男の子だ。共働きで忙しい次男夫婦のため、毎日のように預かっていたらしい。満七歳の小学二年生。可愛いさかりだろうよ」

「日曜の早朝に発見されたのなら、家を出たのは土曜日ですか?」

「ああ。次男夫婦が最後に三ツ輪さんと楓花ちゃんを見たのは、土曜の朝七時。『楓花が遠出したがっているし、ドライブするか』と言っていたそうだ。二人が車で出発する姿は、午前十時ごろに隣人が目撃している」

その後も三ツ輪は、次男夫婦にまめに連絡を入れていたようだ。

通信履歴によれば、一回目の連絡は午後十二時八分。たこ焼きを食べる楓花の画像とともに「いま、サービスエリアの食堂だ」。

午後二時十二分、森を背景に立つ楓花の画像を添えて「鉢外山に着いた」。

午後四時三十一分には「楓花が海を見たがってる。おやつのあと、ぐるっとまわってシーサイドロードを通って帰る」。

そして午後六時二十七分、「予定変更。夕飯を食べていく。すこし遅くなるが、八時までには帰る」。

これが最後のLINEである。

だが午後十時を過ぎても、彼らは戻らなかった。

次男夫婦は何度も何度も三ツ輪に電話した。しかし応答はなかった。LINEも同じく返事がなかった。

楓花のGPSキーホルダーはランドセルに下がっていた。彼女はその日、休日用の小型バッグで出かけており、ものの役に立たなかった。

次男夫婦は、長男や親戚の家などに片っ端から電話した。だがやはり三ツ輪たちはどこにもいなかった。

彼らがようやく通報したのは、通信指令室の記録によれば、午後十一時二十八分のことである。

「その約六時間後、つまり翌日の午前五時五十分ごろ、三ツ輪さんは胎岳山のふもとで発見された。第一発見者は、胎岳村の住人だ。畑に向かう途中、『おかしなところに車が停まっているな』と覗きこんだところ、車の陰に座りこむ三ツ輪さんと、血痕に気づいたそうだ」

「胎岳村は、シーサイドロードの近くでしたっけ？」

「遠かぁねえな。鉢外山から〝ぐるっとまわって〟行きゃ、通り道にあると言える。寄ったとしても、不自然ではない」

「海を見たあと〝予定変更〟を決心させるなにかがあったのかな。係長は、ただの幼女狙いの誘拐ではないとお考えですか？」

「いや、わからん。まだ予断を抱く段階じゃあない」

鍋島係長はかぶりを振った。

「あとの詳しいことは、特殊班に聞け。今回出張ったのは特二だから、班長は桜木(さくらぎ)だろう。知ってのとおりおれの一期下で、そつなく動ける男だ」

「了解です」

鳥越はうなずいて、

「水町(みずまち)も連れていっていいですか？」

背後の島を親指でさした。

「水町未緒(みお)巡査も、サツカンに見えない貴重なサツカンですよ。それに幼女の誘拐事件なら、女性警察官がいたほうがいい。人手はいくらでもほしいでしょうしね」

「んー……。ま、いいだろう」

顎(あご)を撫(な)でて、鍋島係長がうなずく。内心では大歓迎なのが、ひしひしと伝わってきた。

この昔気質(かたぎ)の係長は、女性警察官を好まない。水町自身がどうこうでなく、己の領域(テリトリー)に女がいるのを歓迎しないのだ。

「ありがとうございます」

礼を告げて、鳥越は水町を振りかえった。

「おい水町。聞いてたよな？　行くぞ」

「あ、はい。鳥越部長」

水町巡査が慌てて腰を浮かす。小柄かつ童顔、おまけに私服なので、鳥越の言ったとおり捜査員には見えづらい。

顔を戻すと、窓の向こうに鴉がいた。

壮年のハシブトガラスである。今朝、鳥越を見つめていた雄だ。

——これを言いたかったのか？

彼は目で問うた。

おまえが今朝予告していたのは、このことだったのか？　と。

しかし鴉は答えなかった。ただ首をもたげ、飛び去っていった。

いまの鳥越をもし生物学者が見たなら、きっと笑うだろう。馬鹿馬鹿しい、体軀に傷でもない限り鴉の個体識別ができるものか。われわれ学者でも、一見では雌雄さえわからないのに——と肩をすくめるに違いない。

——べつに、超能力や異能のたぐいだとは思っちゃいない。

そう鳥越はひとりごちる。

世の中には、不思議な力を持つ人間が意外に多い。たとえば癌を鼻で嗅ぎ分ける者、百年前の十月十日が何曜日かを瞬時に計算できる者、地震を数分前に察知する者、二十キロヘルツより上の音域を聞きつける者、等々だ。

——どれも、べつだんたいしたことじゃない。

ただそういうふうに生まれついた。それだけのことだ。

鳥越恭一郎も、その一人であった。

彼は、生まれつき鴉と仲良くなれた。おそらくは父方祖父からの遺伝だ。亡き祖母がいつも言っていた。「あんたのおじいちゃんは不思議な人だった。鳥と友達になれた」と。

その性質はなぜか父を飛び越え、鳥越に隔世遺伝した。

「水町、用意はできたか？」

出口に向かいながら、鳥越は後輩にいま一度声をかけた。

「まずは特捜本部に寄るぞ。イッカチョウをはじめ、怖いおじさんに立てつづけに会うからな。おれがいじめられたら、おまえ守ってくれよ？」

2

三ツ輪勝也殺しの特捜本部は、志筑署の会議室に開設されていた。

すでにホワイトボードやプロジェクターや各種ＯＡ機器が揃えられ、電話線が引かれ、捜査本部としての体裁が整っている。鳥越は忙しく動きまわる署員の間を縫って、奥の捜査一課長に歩み寄った。

「おうトリ、おまえが来たか」

課長が頬を緩める。

鳥越は背すじを伸ばした。

「強行犯第三係鳥越巡査部長、命により出頭しました。こちら、部下の水町巡査です」

「堅苦しい挨拶はいい」

手を振って、課長が水町を見やる。

「女警を連れてきたとはありがたい。マル害の母親が、かなり参っちまってるからな。まあ無理もないさ。舅(しゅうと)を殺され、わが子をさらわれた上に、ツラ付きの悪い捜査員に四六時中囲まれてちゃな……」

「気の休まる暇もないでしょうね」

鳥越は相槌(あいづち)を打って、

「三ツ輪さんの検死解剖の結果は、もう出たんでしょうか?」と尋ねた。

「ああ。予想どおり刺殺だ」

課長が首肯する。

「凶器は刃渡り十八センチの牛刀。胃はほぼ空っぽだった。しかし角膜の混濁度や直腸内温度からして、死亡推定時刻は発見前夜の午後十時から十二時の間。防御創がすくないから、ろくに抵抗する間もなく殺されたようだな」

「犯人の狙いが楓花ちゃんだったか三ツ輪さんだったかは、未確定ですね？」

「そうだ」

「手口にためらいがないから、累犯者ですかね。だとしたらお礼参り……？」

「その線は、むろん考慮に入れている。三ツ輪さんを恨んでいたやつ、殺したがっていたやつは、一人や二人じゃないからな」

　課長は腕組みした。

「二十代から三十代にかけてのあの人は、そりゃあ敏腕だった。捜一にいた頃、あの人がムショ送りにした凶悪犯は数えきれんよ。近年出所した元囚人の中で、三ツ輪さんが挙げた野郎をいまリストアップさせてるとこだ」

　三ツ輪が県警で辣腕をふるっていたのは、二十年以上前のことだ。だとすると怨みの主は、二十年以上服役したことになる。

　懲役二十年超はそうとうな重罪である。殺人、無差別殺傷、強盗、もしくは性的暴行の常習犯あたりか。その頃二十代だったと仮定するなら、いまは四十代から五十代になる。

　――充分に、お礼参りができる歳だな。

「課長。残念ながらおれは、県警にいた頃の三ツ輪さんを存じあげません」

「そりゃそうだろう。トリが専務入りした頃は、とうに異動済みだったはずだ」

　鳥越の言葉に課長はうなずいて、

「……惜しい人材を失ったもんだよ、まったく」

　と嘆息した。

「二十代から三十代にかけては敏腕で、四十の坂を越えた途端に異動願を出した、ですか。ずいぶん急なゴンゾウ化だったんですね。なにかきっかけでも？」

「まあ、なんというか……運が悪かったんだ」

　課長は首をすくめた。

「運悪く、迷宮入り事件にばかり連続で当たっちまった。三ツ輪さんは人一倍熱心で、人一倍正義漢だったからな。世の不条理に、嫌気がさしちまったんだろう」

　顎の下を掻（か）いて、

「ご遺体の発見現場が胎岳村ってのが、またなあ……」とつぶやく。

「胎岳村がどうしたんです？」

　課長がため息をつき、言った。

「トリ、おまえ『安城寧々（あじろねね）ちゃん事件』って知ってるか」

「ああ、はい」

　鳥越は首肯した。

「確か、おれが高校生の頃に起こった事件です。いまだ未解決で……そうか、あの事件も胎岳村で遺体が見つかったんでしたね。三ツ輪さんの担当事件でしたか」

「そうだ」

課長は遠い目になった。

「惨(むご)い事件だった。たった七歳の子が、あんなことになるとはな……。いま考えてもやりきれんよ。そういや、今回いなくなった楓花ちゃんも同じ歳だな」

――安城寧々ちゃん誘拐殺人事件。

当時、鳥越は高一か高二だった。だから、いまから二十五、六年前の事件になるはずだ。

ぼんやりと彼が覚えている事件概要はこうだ。

ある日曜の朝、両親は寧々ちゃんを連れ、国道沿いのパチスロ店に入った。寧々ちゃんははじめの三十分ほどは父親と座っていたが、やがて暇をもてあまし、店内をうろつきはじめた。

そして正午前、両親は「そろそろ昼食にするか」と台を立った。

だが寧々ちゃんの姿は、すでにどこにもなかったという。

その後、店内の防犯カメラ映像を精査したところ、中肉中背の男と手を繋(つな)いで店を出る寧々ちゃんの姿が映っていた。

男および寧々ちゃんの後足(あとあし)は、それきり摑(つか)めなかった。身代金要求の電話は一度あったものの、具体的な指示がないまま約一週間が過ぎた。

そうしてある朝、寧々ちゃんが発見された。

もの言わぬ遺体で、である。

「その発見場所が、連れ去られたパチスロ店から十五キロ以上離れた村――今回の遺棄現場ともなった、胎岳村だ」

ため息まじりに課長が言う。

寧々ちゃんの遺体は、山道のなかばに無造作に転がされていたという。

――変わり果てた無残な姿。

当時のテレビが繰りかえしそう報道したことを、鳥越はおぼろげに覚えている。

週刊誌の報道は、もうすこしだけ詳しかった。「二目と見られぬ有様」「正視に耐えぬ」「全身血に染まり」等々と言葉を尽くしていた。

「事件当時の三ツ輪さんは――ええと、三十七、八歳か。三ツ輪さんの次男坊と、寧々ちゃんの歳が同じだったからな。ずいぶんと義憤にかられていたよ。だが意気込みに反して、犯人は挙げられずじまいだった。まあ、そこにもいろいろと不運が重なったんだ。くそ、胎岳村か……」

課長が言い終えぬうち、若い捜査員が駆け寄ってきた。小声で耳打ちする。

うなずきかえし、課長は顔を上げた。

「水町巡査、だったな？　おまえは楓花ちゃんの家に行け。住所は庶務班に尋ねろ」

次いで鳥越に顔を向ける。

「トリは前線本部だ。桜木が待っている」

「前線本部、ですか？」

「ああ。犯人が楓花ちゃんの自宅じゃなく、なぜか胎岳村民の家に身代金の要求書を届けやがったんでな。村内に前線本部を設置し、桜木はそっちに詰めさせた」

　つまり課長と特殊班は、よほど胎岳村を臭いと見ているらしい。

「ポストの持ち主と、三ツ輪さんの間に関係は？」鳥越は尋ねた。

「ある。が、まずは向かえ」

　課長が決然と言う。

「胎岳村がどういう場所かも、行きゃあよくわかる。百聞は一見になんとやらだ。行って、おまえのその目で確かめてこい」

「了解です」

　水町にかるく片手を上げ、鳥越は特捜本部を離れた。

3

　覆面パトカーのアリオンで、鳥越は胎岳村へ向かった。

　道中では、忘れずにコンビニへ寄った。ペットボトルのお茶やコーヒー、スポーツドリンク、菓子パン、クッキー型の栄養補助食品、ゼリー飲料などを、約一万円ぶん経費で買い込む。

　誘拐事件の捜査は、体力勝負だ。早急の解決を狙うからだ。被害者が子どもの場合は、とくにそうなる。四十八時間以内に無事が確認できなかった場合、人質の生存率はがたりと下がる。

——そしてたいていの場合、事件は四十八時間では解決しない。むろん、交替で休憩は取る。しかし睡眠はどうしても小刻みになる。

特殊班の捜査員は、事件が解決するまで集中を切らすことはない。むろん、交替で休憩は取る。しかし睡眠はどうしても小刻みになる。

となれば、せめてガソリンになるカロリーが必要だ。てっとり早く食えて、かつ高カロリーな菓子パンや栄養補助食品が重宝される。

村まであと数キロという時点で、鳥越は前線本部に無線連絡を入れた。

「志筑116から前線。第三係鳥越巡査部長です、もうすぐ着きます」

「トリか」

応じたのは、特殊犯捜査第二係の桜木班長だった。

「おまえを寄越したとは、本部も上出来だ。いいかトリ、着いたら必ず塀の中に駐車しろよ。すぐ降りて、すぐ中に入れ」

前線本部は、村の公会堂を急遽借りて設営したらしい。すぐ入れというのは、周囲を監視しているかもしれぬ犯人に面が割れないようにだろう。

「志筑116了解」

答えて、鳥越はアクセルを踏みこんだ。

洞門、と形容したほうがふさわしいトンネルを抜けると、そこが胎岳村だった。

舗装されたくねくね道がつづく。道の片側は胎岳山の切り立った斜面で、数メートルごとに『落石注意』の看板が張られていた。

道路の白線は何年前に引いたのか、薄れてよく見えない。

山の向こうには、さらに丘陵(きゅうりょう)地帯と峡谷(きょうこく)がそびえていた。紅葉の時期はすばらしい眺めだろうが、いまは濃淡こそあれど緑一色である。

走りつづけると、田園地帯に入った。

新緑の中にぽつんぽつんと民家が点在している。墓石が密集している区間もある。

木製の大鳥居を過ぎる。脇道(わきみち)に立つ『動物が飛び出すおそれあり』や『通行止』の看板を後目(しりめ)に、さらに車を駆って進む。

国鉄時代の遺物らしき、廃線の鉄橋があった。

同じく駅舎跡を抜けると、ようやく目当ての公会堂が見えてきた。

カーナビによれば、道のどん詰まりに建つ木造一階建ての小屋がそれである。小屋の大きさに比して、駐車場がやたらと広い。セダンが五十台は駐(と)められそうだ。田舎の車社会を象徴するような眺めであった。

ふと、鳥越は目をすがめた。

公会堂の十数メートル手前に立つ電柱の脇に、真っ黒い塊が見えたのだ。

――鴉だ。

鴉の群れであった。

十二、三羽はいるだろう。つい目が吸い寄せられ、自然とスピードを落とす。
鴉は、一人の老女を取り囲むように群れていた。

——まさか。

八十歳は過ぎているだろう老女だ。総白髪で腰が曲がっていた。かたわらに、愛用ののらしき手押し車を停めていた。

——まさかおれと同類……じゃ、ないよな？

ハンドルを握りなおし、鳥越はアクセルを踏みこんだ。


公会堂の駐車場にアリオンを駐め、指示どおりに素早く降りる。入口の格子戸を、かるくノックする。

「鳥越です」

戸が細く開いた。

特二の班員らしき、目つきの悪い男が顔を覗かせる。男は短く言った。「手帳」

警察手帳をひらいて見せる。

「よし入れ」男がうなずき、身を引いた。

格子戸の隙間（すきま）から、鳥越は中に滑りこんだ。

三和土（たたき）には簀子（すのこ）が置かれ、くたびれた革靴が並んでいた。十人前後ってとこか、と見当を付ける。同じく靴を脱ぎ、ガラス張りの引き分け戸を開けた。

「おう、ひさしぶりだな。トリ」

奥で片手を上げたのは、桜木班長だった。畳敷きにあぐらをかいている。鍋島係長よりも歳下ながら、一見老成して映るのは若白髪のせいだろう。だががっちりした体軀は、相変わらず筋肉質に引き締まっていた。

「おひさしぶりです。よろしくお願いいたします」

「ま、そうしゃちほこばるな。いつもの調子で行け」

「では遠慮なく」

鳥越は桜木の横に座り、室内を見まわした。

十八畳ほどの広さだ。畳の上に折りたたみ式の長机を並べ、電話、パソコン、プリンタ、スキャナなどを置いている。

部屋の隅には公会堂のものらしい座布団が積み重ねられ、再沸騰中らしい電気ポットが湯気を吐いていた。

しかしもっとも目立つのは、班長の脇に立てられたホワイトボードだ。

幼女の写真が数枚貼られていた。おそらく三ツ輪楓花ちゃんだろう。なかなか整った顔立ちの子で、笑顔がまぶしい。

「誘拐事件だからと自粛せんでいいぞ。おまえのようなムードメイカーはありがたい。陰惨な事件で、捜査員まで陰気と来ちゃあ救いがない」

「でしょうね。これ、差し入れです」

鳥越はLLサイズのコンビニ袋を差しだした。中身を覗いて、桜木の頰がふっとほころぶ。

「気が利くな。さすがだ」

「顔がいいだけじゃ、同性にはモテませんからね。こまかい気遣いを随所で見せるのが、モテを維持するこつです」

「おまえが言うと説得力が違うよ」

笑ってから、桜木はあぐらをかきなおした。

「よっしゃ。事件概要は、どの程度頭に入れてる？」

「さらっとだけです。ニュースで見聞きしたことと、胎岳村が『安城寧々ちゃん事件』と関連があるってことくらいですね」

「では『十雪会』についてはどうだ？」

「じゅうせつかい？　いえ、寡聞にして初耳です」

「そうか。ではおいおい説明しよう」

桜木班長はホワイトボードを指した。

「もう察してるだろうが、あの写真の子が三ツ輪さんの孫娘、楓花ちゃんだ。おおまかな情報としては、身長百二十二センチ、体重二十一キロ。血液型はRHプラスのO型。小角北小学校二年二組の満七歳。父親は小角市役所の土木課勤務。母親は市民病院の看護師。小角市すみれ野五丁目の分譲マンションに一家で住んでいる」

「きょうだいは？」

「一人っ子だ。だから両親の悲嘆もひとしおさ。……気の毒にな」

桜木班長は沈痛にまぶたを伏せた。

基本的に警察官は、体育会系の熱血漢が多い。日々の激務を〝正義の施行〟という使命感でしのぐ者もすくなくない。子どもがらみの事件ともなれば、感情移入しすぎるケースも間々目にする。

鳥越のようなタイプは、意外とすくない。

まわりにそうと見られていないが、鳥越は純粋な猟犬タイプである。狷介で、他人を信用しない。被害者に過剰に肩入れすることもない。今回のような、幼な子の誘拐事件であってもだ。

ごく幼い頃からそうだった。クラスや職場の人気者でありながら、鳥越は人間の親友を持ったためしがない。彼が心を許すのは、そう――。

――鴉だけだ。

鳥越はかるく息を吸いこんだ。

重い声のトーンを作り、喉から質問を押しだす。

「身代金の要求書が届いたと聞きました。楓花ちゃんの両親にではなく、ここの村民のポストに……だそうですね？」

「ああ。今朝の六時ごろ、家人が朝刊を取ろうとして気づいた。家人はすぐ駐在勤務員に知らせ、駐在所から特捜本部に連絡がいった。そこでようやく、おれたち特二に本格的な要請が来たわけさ」

桜木班長は、畳に重ねられたファイルのひとつを差しだした。

「封書の原本は、とっくに科捜研にまわされたがな。——これが文面だ」

ファイルをひらいて、鳥越は片眉（かたまゆ）を上げた。

「ずいぶんレトロですね」

綴（と）じてあったのは、脅迫状をスキャンして印刷したＡ４用紙だった。

——ふウかを預かっていル　三千マん円と引き可えに　カえす

新聞の活字を切り貼りして作ったらしい。脅迫状というより怪文書に近い。昭和中期に逆行したかのようなしろものである。

——次の連らくお　待て

「うさんくさいな。愉快犯の仕業じゃないんですか？」

「おれもそう思いたかった。だが封筒には、女児用の靴下が片方同封されていた。しかも量販店の安物じゃなく、ネオンカラーが特徴的なブランド品だった。母親によって、楓花ちゃんのものと確認済みだ」

班長の口調は、舌打ちせんばかりだった。

「封書からは、いまのところ複数の指紋が採取できている。付着していた微物とともに、科捜研で分析中だ。ほかにわかっているのは、切り貼りの元が『タイムス民報』だったことくらいだ」

「『タイムス民報』か……。県民の八割強が取っている地元紙ですね」

「そのとおりだ」

ますます班長が渋面になった。

「くそったれが。電話じゃねえから逆探知できん。基地局もたどれん。おまけにここら一帯には、防カメってもんがねえんだ。かろうじて、村内唯一の郵便局にくっついているだけだ。そして封書を投函された家と郵便局は、かなり離れている」

「ドラレコはどうです」

鳥越は言った。

「誰が投函していったか、ドラレコが押さえていたかも」

「それがなあ。この村の車のほとんどが型落ちの軽トラで、ドラレコなんか付いちゃいねえんだ」

桜木班長は両手を上げてみせた。

「いや、もちろんドラレコ搭載の車を持ってる家もあるさ。皆無じゃない。だがそういった車は、シャッター付き車庫にしまわれちまう。駐車監視機能が付いていたとしても、真夜中や早朝に訪れる不審者はとらえられん」

「なるほど……」

鳥越は唸った。

特殊班は有能だ。しかし基本的に、マニュアルに沿って動く。そして誘拐事件のマニュアルは時代とともにアップデートされるため、電話やメール、SNSなどの活用に対応している。

――逆に言えば、アナログに逆行されると弱い。

防犯カメラ。Nシステム。電話の逆探知。スマートフォンおよび携帯電話の基地局エリアの割り出し。データ解析。顔認証システム。

むろん、どれも便利な機能だ。しかし都市型犯罪にしか効果を発揮しない。胎岳村のような、昔ながらの農村地帯では使えない。

「封書を足がかりにするなら、足で捜査するしかないですね」

「そういうことだ」

班長はうなずいてから、

「だがたどるべき糸は、ほかにもあるっちゃある。……おれがさっき話題に出した『十雪会』がそれだ」

ぴしゃりと己の膝を叩いた。

「『十雪会』は、正式名称を『天の大家族・十雪会』と言う。辻十雪と名のる指導者に率いられた、自然原理主義を掲げる共同体だ」

「やはり聞き覚えのない団体です。新興宗教ですか？」

「宗教団体であり、思想団体でもあったらしい。会員は約五百人と、ごく小規模だったから知らなくても無理はない。モットーは農耕による自給自足、西洋医学の否定、集団子育て等々。人間も地球の一部だから、文明よりも自然に寄り添うべきどうのこうの、ってなアレだ」

「ありがちですね」

　鳥越はそっけなく言った。

「陳腐とも言いますが」

「そのとおりだ。その陳腐な団体『十雪会』の本拠地が、この胎岳村だった。しかし辻十雪の死後は求心力を失い、急速に瓦解したらしい。一九七〇年代後半が、活動のピークだったと聞いている」

「じゃあ『安城寧々ちゃん事件』の頃ですら、とうに下火ですね」

「ああ。だが辻の息子たちが、まだ村に残っていた」

　桜木班長はかぶりを振った。

「辻は本妻との間に一人、愛人との間に二人の息子をなしている。彼らはいまもこの村に住みつづけているがな。『寧々ちゃん事件』の捜査で、おれたちはこの息子のご機嫌をそこねちまった」

彼らにすれば、警察は〝自然に反する罪人〟だった。

捜査のために森や林道を踏み荒らし、何十台もの捜査車両で排ガスを撒き散らし、検視と称して哀れな遺体をいじくりまわし――といったふうにだ。

おまけに『殺虫剤禁止、農薬禁止、虫も獣もいっさいの殺生禁止』なる彼らの理念を、捜査員は知らなかった。虫除けのスプレーを撒きつつ歩き、蚊や虻を叩き殺しながら捜査した。野生の狸や鼬をパトカーで撥ねることも間々あった。

一方、警察は警察で、『十雪会』に反感を抱いていた。

会が「文明に洗脳されるから」と子どもたちを就学させないこと、ほんの幼い子まで労働力と見なすこと、家族の反対を押しきって家出した会員が多かったこと、等々が理由である。

その心理的対立は、捜査にも影響した。

『十雪会』は警察への証言を拒んだ。警察側は自然と高圧的な態度になった。お互いの反感が、さらなる反感を呼ぶ悪循環であった。

事件がお宮入りした理由は、むろんその軋轢のみではない。だが物証らしい物証がない事件で、住民の証言が得られなかったのは痛かった。結局『寧々ちゃん事件』は、いまもって未解決のままだ。

「なるほどです。で、その『十雪会』の残党が、今回の事件に関係していると?」

「まだわからん」

と桜木班長は鳥越をいなしてから、「だが」とつづけた。

「だが昨日の朝、三ツ輪さんの遺体を発見したのは、まさに辻十雪の長男なんだ」

「ほう」

鳥越は目を見張った。

班長がさらに言葉を継ぐ。

「長男こと辻天馬(てんま)。六十歳、独身。現在は母親のみち子と二人暮らしだ。さっきも言ったようにみち子は辻十雪の本妻だった。しかし現在は認知症の症状が進んで、日常会話もままならん」

「六十歳で、天馬」

鳥越は繰りかえした。

「だいぶ時代を先取りましたね。キラキラネームのハシリですか?」

「かもな。辻十雪のネーミングセンスは独特だったようで、愛人の息子たちや、彼が名付け親になった二世会員もみなキラキラしとる。……話を戻すが、天馬と事件の繋がりはそれだけじゃないぞ」

桜木班長はやや身を乗りだし、

「今朝、誘拐犯からの封書が投函された家――。誰の家だと思う?」

と低く問うた。つられて鳥越も小声になる。

「またも辻天馬、ですか」

「正解だ。どうだトリ。この村に前線本部ができた理由がわかっただろう？」

「ええ、あらかたは」

鳥越はうなずいた。次いで、窓の外に目をやる。

梅雨空の灰いろに、心なしか透明感があった。山が近く、空気がきれいなおかげだろう。

その空に大量の鴉が飛びかっている。

――やけに多いな。

内心で首をかしげた。

雑食で生命力の強い鴉は、都会だろうと田舎だろうとたくましく生きていける。しかし昨今はほとんどが都市型である。高カロリーの食料、つまり残飯や生ゴミを確保しやすいからだ。

――この村も食料が潤沢なのか、それとも。

さきほど見た老女が、ふっと頭をよぎった。

十数羽の鴉に囲まれながらも、平然と道端に座りこんでいた白髪の老女。

――あんな芸当ができるのは、おれだけかと思っていたが。

まあいい。鳥越は口中でつぶやく。

なんにせよ、鴉が多いのはいいことだ。鳥越にとっては、百人の情報屋に勝る友軍であった。心強いことこの上ない。

──あとで、群れのボスに仁義を切らなきゃあな。己に言い聞かせてから、

「ちょっと電話してきます」

桜木班長に一礼し、鳥越は立ちあがった。

4

引き分け戸を閉め、簀子に立ってスマートフォンを取りだす。アドレス帳から鳥越が呼びだした番号は、水町未緒巡査のものだった。

「捜一、水町です」

「おれだ。いま話せるか」

「あまり長くは無理ですが」

「大丈夫だ、手短に済ます。……おまえ、マル害の母親付きになったか?」

「ええ。彼女はかなり参っています。この二日一睡もしていないそうで、水を飲んでも吐いてしまう状態だとか」

「女警は、おまえ一人か?」

「いいえ、志筑署からも二人派遣されています。彼女の状態を見つつ、交替でフォローする予定です」

やはり水町を連れ出して正解だった、と鳥越は思った。警察組織もジェンダーバイアスを撤廃すべく、婦人警官なる名称が廃止され、女性の積極的採用が謳われて久しい。だが現実には、この手のケースでやはり性差は無視できない。悲嘆する母親に初対面のいかつい男を付けたところで、いらぬストレスを増やすだけだ。

「大役があるのにすまんが、頼みがある」

鳥越は切り出した。

「『天の大家族・十雪会』という、自然派の共同体を知ってるか？」

「天の大家族……？　いいえ」

「だろうな。おれも知らなかった」

うなずいてから、「メモ頼む」と鳥越は言った。

「天国の天に、大家族はそのまま。数字の十に、雪国の雪、会話の会だ。指導者は辻十雪。しんにょうの辻に、数字の十と雪でジュウセツ。約五十年前、胎岳村を本拠地として活動していたそうだ」

「OKです。メモりました」

「この会の残党が、事件に関与している可能性がある。マル害の母親が会を知っているか、それとなく聞きだしてほしい」

「ヤバそうな会なんですか？」

「おれもまだ、たいした情報は持っちゃいない。だが会員の子どもを就学させずに働かせる等、ろくでもない会だったようだ。過去に警察とも衝突した形跡がある」

「わかりました」

水町の声が引き締まった。

「休憩時間にでも、ネットで調べてみます」

「すまんな」

鳥越は繰りかえして、

「ほんとうは道中、おまえともっと伊丹くんの話をしたかった」と言った。

——伊丹光嗣。

鳥越の腹違いの弟であり、水町の恋人でもある。とある事件の余波で警察を辞めた彼と、鳥越はいまだ距離を詰められずにいた。

「それが、じつは……」

水町巡査の声音が暗くなった。

「じつは……わたしも彼と、一箇月以上、連絡が取れていないんです」

「連絡が？　なぜだ」

鳥越は瞠目した。水町の声が、さらにか細くなる。

「わかりません。しっかり腰を据えたら連絡する、としか言ってくれなくて」

鳥越は口をひらこうとした。

だが封じるように、引き分け戸の向こうが騒がしくなった。どこかの局から無線連絡が入ったようだ。

「また電話する」

早口で告げ、鳥越は通話を切った。

5

無線連絡は、胎岳駐在所の勤務員からであった。

犯人からの新たな封書が届いたのだという。

ただし今度は辻家にでなく、宝生(ほうしょう)という一家のポストに投函された。同じく十雪会の残党だそうだ。

宝生家から封書を受けとった駐在員は、その足で前線本部にやって来た。

「こちらがその封書です。ちゃんと手袋を着けて扱いました。また封筒には、靴下のもう片方が同封されていました」

よく日焼けした若い駐在員は、興奮で頬を火照らせていた。ポリ袋に入れた封筒と便箋(びんせん)を、うやうやしく桜木班長に差し出す。

またも新聞を切り貼りした脅迫状であった。

――氏チく市　都おゲドおり　ふン水前　ヨる九時　三ゼん間ん

「志筑市峠通り(とうげどお)り、噴水前、夜九時、三千万」

目をすがめて班長が文面を読む。

次いで壁の時計を見上げた。午前十一時十二分。

志筑市の峠通りは、いわゆる繁華街だ。夜には歓楽街に姿を変え、酔客や客引き、スカウトマンなどで溢れかえる。学生向けの安居酒屋、ショットバー、キャバクラはもちろん、ソープランドやピンクサロンなどの風俗店も多い。

班長は無線担当の部下を振りかえった。

「おい、各局繋げ」

「了解です」

脅迫状はポリ袋に入ったままスキャンされた。

読み込んだデータは特捜本部をはじめとする各局へ。原本は、科捜研の化学および文書研究室へとまわされる。

「特捜です、どうぞ」

捜査一課長が無線に応えた。つづいて他局も応答する。

「自宅班です、どうぞ」

「庶務班です、どうぞ」

「前線本部から各局。村民の家に、新たな封書が届きました。スキャンしたデータを各局のパソコンへ送信済み。至急、確認願います」

桜木班長がきびきびと告げる。

特捜本部は三ツ輪勝也殺害事件の捜査がメインだ。とはいえ、楓花ちゃんの身柄確保が優先である。彼女を保護できれば、誘拐および殺人犯の逮捕にも王手がかかる。

「特捜から前線。データを確認した」

捜査一課長の声が響く。

「民家に届いたなら、今回も防カメやドラレコは期待できんな？」

「できません。駐在勤務員によれば、家人は『庭に落ちているのを見つけた。いつからあったかもわからない』と言っています。垣根は低く、かつ農道に面しており、誰でも放りこめます」

「チッ」

捜査一課長は舌打ちしてから、

「その家人のデータをくれ」気を取りなおして言った。

「読みあげます。発見者は専業農家の五十三歳、宝生虹介。宝に生まれる。七色の虹に、紹介の介。この村で生まれた二世会員です。六年前に妻を亡くし、現在は母親と娘二人との四人暮らしです」

「了解、特捜で裏を取る。確認するが、胎岳駐在所に防カメは未設置だな？」

「そうです」

L県警察本部長が「県内の全交番、全駐在所に防犯カメラを設置する」と発表したのは数年前の春である。しかし理想に現実は追いつかず、設置率はいまだ七割弱といったところだ。

「しかし、住民全員が顔見知りと言っていい村だろう。よそ者がうろついてたら、目立つはずだよな?」

「ええ。総面積五十六平方キロメートルに比して、村の世帯数は現在二十七戸。高齢化が進んだため独居老人も多く、人口は六十人強です。しかし最近の廃墟(はいきょ)ブームや廃線ブームのせいで、入出者は逆に増えたそうでして」

桜木班長の口調は苦りきっていた。

「つまり、廃墟目当ての観光客を装われたら見分けが付かん、と?」

「すくなくとも、知らない顔イコール不審者とは見ないようです。とはいえ廃墟オタクや鉄道オタクには一定数タチの悪いやつがいますから、駐在勤務員によればある程度のチェックはしているとか」

「ふむ。犯人はそれも織りこみ済みかな……」

捜査一課長は声を落としたが、

「特捜から自宅班。金はどうだ。用意できそうか?」と、すぐに口調を切り替えた。

自宅班の担当が応じる。

「現在、マル父が親戚一同に当たっています。『どんな手を使ってもかき集める』と言っています。バッグにはGPSを仕込みますか?」

「仕込もう」

課長は即答した。

「脅迫状からして、犯人はアナログ志向だ。気づかん可能性は高い」

「了解。ではGPS、ピンマイクともに用意させます」

答える声音に意気込みがこもっていた。

現代において、営利誘拐の成功率はごく低い。一番の難関は身代金の受け渡しで、大半の犯人はここでしくじる。だが問題は、この段階で逮捕できないパターンだ。失敗に逆上した犯人の多くが、人質を殺して証拠の隠滅をはかる。

――なんとか人質だけは、無事に取りもどしたい。

相手は七歳の少女、しかも元捜査員の孫娘である。

たとえゴンゾウ化しようが、身内は身内であった。そして日本の警察ほど、身内意識の強い組織は滅多にない。

「犯人が電話を使わんってのが、やはり痛いな。交渉できないから、楓花ちゃんの無事もわからんままだ」

「ですね。靴下だけじゃ、生きているか死んでいるかは……」

桜木班長の口調に焦燥が滲んだ。

営利誘拐での未解決事件は、戦後は一九八七年の『功明ちゃん事件』のみだ。だがこのケースでは身代金の受け渡しにすらいたっていない。犯人が具体的な指示を寄越す前に、功明ちゃんは遺体で発見されたのだ。

――その前轍は踏めない。

いや、踏みたくない。

「前線から特捜。峠通りに配備する班の編成を、七時までに済ませたいです」

熱をこめて桜木班長は言った。

「街頭班、遊撃班、捕捉班、追尾班、待機班……。できるだけ多くの私服がほしいです。三ツ輪さんのためにも、絶対に失敗できません」

「わかった。なるべくサツカンに見えんやつを送る」

捜査一課長が請けあった。

「現場の指揮を頼むぞ、桜木」

「ありがとうございます」

無線機に向かって、桜木班長は深ぶかと頭を下げた。

6

「トリは長下部さんと組んでくれ」

そう桜木班長に言われ、鳥越は姿勢を正した。

「了解です」

長下部は、志筑署刑事課庶務係の巡査部長である。

本部の警部補である桜木のほうが、むろん立場も階級も上だ。にもかかわらず〝さん付け〟なのは、長下部が年上なことに加え、元県警刑事部の人間だからだ。大先輩なのである。

——四課の長下部といえば、有名だったらしい。

L県警刑事部第四課は暴力団事犯捜査、俗に言うマル暴だ。

かつての長下部は、第四課の名物刑事だった。

しかし十数年前に異動願を出し、比較的暇な志筑署の庶務係におさまってしまった。噂ではすっかりゴンゾウ化し、朝から寝てばかりだと聞く。

——つまり、マル害の三ツ輪勝也と同じコースを歩んだ捜査員だ。歳の頃は五十代後半。あと数年で定年退職だろう。

しかし鍛錬はつづけているらしく、体軀はたるんでいない。それどころか、筋肉で押し固めたような体つきだった。

「よろしくお願いします」

丁重に鳥越は頭を下げた。

長下部のほうは「ふん」と鼻から空気を抜いただけだ。鳥越の顔を見もしない。

——だが、やる気がないわけじゃあないな。

そう見当を付けた。

長下部の表情が、目の力が違う。そむけた横顔にも、緊張がみなぎっていた。

「よし、コンビはあらかた決まったな？　ついでに発表しとくが、脅迫状二通について、科捜研の分析結果が出た」

桜木班長が声を張りあげる。

「一通目から採取できた指紋は、投函された辻家の家人のみだ。あとは不完全指紋がいくつかと、封筒から繊維が出ただけだった。この繊維はブルーシートのものと判明したが、県内のあちこちにある有名ホームセンターの品で、犯人を特定する材料にはならなそうだ」

一同をぐるりと見まわす。

公会堂には四十人近い警察官が集められていた。

「二通目の封書からは、通報者である宝生虹介とその母、辻天馬、そして國松一家のモンが採取された。虹介が駐在所に連絡するより先に、辻十雪の家族の指示を仰いだせいだ」

國松一家とは、辻十雪の愛人の息子、およびその妻を指す。息子たちは辻の死後もとどまり、元会員や村の女性と結婚して根を下ろしたのだ。

「封筒の底からは砂粒が検出されたが、これも二酸化珪素と珪酸塩を多く含む、ここら一帯の砂と同成分だった。ただし、朗報もあるぞ」

気を持たせるように桜木班長は一拍置いて、

「二通目の端から採取できた不完全指紋だ。このモンが、楓花ちゃんの蹄状紋と特徴点四点において一致した」

と告げた。

警察官の間から、おお、と低い声が洩れる。

「つまり楓花ちゃんはまだ生きており、なんらかの理由で封書に触れた可能性が高い。加えて唾液も検出された。この唾液はＤＮＡ型を鑑定中だ。結果によっては犯人逮捕にぐっと近づくか、楓花ちゃんの生存率が上がるだろう。とはいえ結果は待っていられん。今日中に逮捕するぞ」

桜木班長の声に力がこもった。

「いいか。三ツ輪さんのご子息に、楓花ちゃんの無事な顔を見せてやれ」

はい、と居並ぶ警察官が声を揃える。

長下部は声を出さなかった。ただ腕組みして立っている。その横顔を盗み見て、鳥越はあらためて思った。

――やはり、芯からのゴンゾウじゃない。

意気込み満々とはいかないまでも、足を引っ張られる心配はなさそうだ。

安堵ついでに鳥越はまわりを真似て、せいぜい熱っぽい表情を作った。

鳥越と長下部は「遊撃一班」と決まった。

基本は街頭班と同じく酔客にまぎれての見張りだが、状況に応じて適宜動く重要な役割である。ゲリラ班と言ってもいい。

「おい色男。変装の準備をしろ」

長下部が、鳥越に向かって顎をしゃくる。

「設定はどうします？」

「おまえは中堅キャスト、おれはケツモチだ」

要するにホストとやくざである。見た目からして妥当なところだろう。

「了解です。服を揃えますが、一緒に行きますか？」

長下部は低い唸り声を出しただけだ。鳥越は苦笑し、「では行ってきます」とアリオンのキイを振ってみせた。

――峠通りの中堅キャストなら、バチバチにキメるこたぁないな。

アリオンを駆って向かった先は、国道沿いに立つ全国チェーンの衣料小売店だった。安くて品揃えが豊富な、ファストファッションストアである。

鳥越はまずトイレに入り、洗面台で髪を濡らした。濡らした髪をラフに下ろし、乾かしがてら店内を一巡する。

米兵の血が入っているせいか、鳥越は髪も目も色素が薄い。服さえなんとかすれば、茶髪に染めたチャラ男に見えるだろう。

――以前はホストといえばスーツだったが、最近はカジュアルが主流だ。

おまけに峠通りは、大衆的な歓楽街である。ハイブランドのスーツで固めたホストなどそうそういるまい。

鳥越は何度か試着を繰りかえし、ジバンシィふうのド派手なプリントシャツに、スキニーとまではいかない細身のパンツを買った。

合計しても、五千円いかない安物コーデである。だがシルエットとサイズ感さえ間違わなければ、夜目なら充分にごまかせる。もとより靴は、カジュアルにも合わせやすいローファーを履いてきた。

前線本部に戻り、着替えて桜木班長の前に立つ。

「班長、こんなもんでどうでしょう」

「おお」

班長はじめ、まわりの捜査員が感嘆の声を洩(も)らした。

「さすがだな。どっからどう見ても、エグい色恋営業してそうな兄ちゃんだ。おまえ、その恰好(かっこう)なら二十代後半でも通るぞ」

「ありがとうございます。そう言われたくてお洒落(しゃれ)しました」

真顔で鳥越は頭を下げた。次いで、壁ぎわの長下部を指す。

「ところで、あちらは本物ですか？」

長下部はジャケットを脱ぎ、ネクタイをはずしただけだ。だが変装のリアリティは、鳥越に勝るとも劣らなかった。

肘(ひじ)までまくった袖口から覗く、刺青(ほりもの)のおかげである。上腕のなかばまで墨が入っており、何十年前に入れたのか叢雲(むらくも)の藍(あい)は褪せかけていた。

「お祭しのとおり、モノホンの刺青だ」

桜木班長が苦笑する。

「長下部さんはいまでこそ地味だが、元はこてこてのマル暴デカだからな。知ってのとおり、マル暴はマルBにナメられたら終わりだ。パンチパーマにグラサンだけじゃなく、体に墨まで入れちまう刑事が二、三十年前はちょいちょいいたもんさ。まあ、あの人あたりが最後の世代かもな」

「ちなみに腕だけじゃなく、全身入ってるんでしょうか？」

「背中一面に、でかい児雷也を背負ってると聞いた。実物を拝んだことは一度もないがな」

「児雷也ね。……なるほど、素敵なケツモチになってくれそうだ」

言い終えたとき、ちょうど長下部と目が合った。

鳥越は笑顔で会釈した。

しかし長下部は、不快そうに目をそらしただけだった。

7

志筑市は、昭和のなかばまでは下志筑郡の一部だった中核都市である。

胎岳村とは距離にして十五キロ近く離れている。昔から酒造会社が多く、そのせいか中規模都市のわりに飲み屋街のエリアが広い。

身代金受け渡し場所に指定された〝噴水〟は、その飲み屋街こと、峠通りのちょうど中心地点にある。

直径一・五メートルほどの円形の噴水である。すぐ脇には少年を模したブロンズ像と、時計塔が立っている。携帯電話やスマートフォンが普及する前は、カップルの待ち合わせ場所としても賑(にぎ)わったそうだ。

「マイクテスト、テスト、テスト――。マル父のピンマイク、取り付け完了。テストです。マイクの取り付け完了」

イヤフォンを通して、自宅班の捜査員の声が聞こえてくる。

マル父は楓花ちゃんの父親、三ツ輪直人(なおと)の符丁(ふちょう)だ。三千万円が入ったボストンバッグを積み、自宅がある小角市から峠通りまで車でやって来る。距離にして、およそ二十キロ。所要時間は二十五分といったところか。

バッグには予定どおり、超小型のGPSが仕込んであった。

鳥越と長下部は峠通りの一角にアリオンを停め、待機していた。噴水から三メートルほど離れた、見晴らしのいいポジションだ。

時刻は午後八時六分。

すでにとっぷりと夜である。

相変わらずの曇天だが、さいわい降水確率は三十パーセントだった。

看板灯籠が灯り、ネオンが瞬く。小路ではスーツ姿の二人連れが、客引きらしき男と話しこんでいる。

電柱の脇で煙草を吸うホステス。サークルの飲み会だろう大学生の集団。夜気は油っぽく、脂くさい。いかにも歓楽街らしく、どこを向いても猥雑だった。

鳥越はアリオンの運転席に座っていた。

長下部は後部座席でドアハンドルに肘を突き、窓の外を睨んでいる。くしゃくしゃの箱から煙草を抜き、くわえる。むろん「吸っていいか?」の言葉は一度もない。

「自宅班から指揮車」

「指揮車です、どうぞ」

桜木班長の声が応える。

「マル父、出ます。追1追います。GPS良好。以上、自宅班」

「指揮車了解」

無線の応答を聞きながら、鳥越は長下部に話しかけた。

「うまく逮捕できますかね」

やはり返事はなかった。

バックミラーに映る長下部は、苦虫を嚙みつぶしたような顔で苛々と煙草を吸っていた。

副流煙が流れてくる。

細く開けていたウインドウを、鳥越はさらに五センチほど下ろした。どこかの店から、揚げ油の匂いが吹きこんできた。

鳥越はいま一度バックミラーを覗き、長下部の視線の先に気づいた。

四時方向のキャバクラの脇に、安っぽいスーツの男が二人立っている。通りすがる若い女の子に、名刺を見せながら声をかける。いかにもスカウトの態だが、その実は街頭二班の捜査員だ。

「あの若いほう、ですか」

鳥越は低く言った。

「確かに芝居そっちのけで、早くも噴水側に前のめりですね。手柄をあせってるのか、子ども好きで感情移入しすぎたか――。どっちにしろ、いやな感じだ」

長下部はやはり応えない。

おまえごときと馴れ合う気はない、とその横顔が語っていた。心なしか、嫌悪と敵意すら感じる。

まあいいさ、と鳥越は思った。静かなのは大歓迎だ。

――ツラ付きで嫌われるのは、べつにはじめてじゃない。

「いまのうち、ションベンしてきます」

わざと明るく言い、ドアを開けて車を降りた。

眼球だけ動かして周囲を見まわす。

五メートルほど後方のパーキングメーターに駐まった、白のアコードが指揮車である。

後部座席には桜木班長がいるはずだった。

峠通りの各所には街頭班の一班から四班が散り、噴水のまわりでは捕捉一、二班が目を光らせる。そのほかにも志筑刑事班、生安班、遊撃各班などが、それぞれ所定の場所で待ちかまえていた。

また前線本部では、犯人から入電があった場合に備えて電話解析班が待機している。防カメ班も同様だった。ここ峠通りは胎岳村と違い、多くの店が警備会社と契約済みだ。つまり、防犯カメラが設置されている。

鳥越は、通りの端のコンビニに入った。

パッケージに『30％減塩』と謳われたハムを二パック買い、外に出る。

ゴミステーションがある裏手にまわった。

ネオンも街灯もなく、真っ暗だ。人目がないのを確認して、鳥越は空を見上げた。

漆黒の夜空から、数羽の鴉が舞い降りてくる。どれもハシブトガラスで、若い雄だった。

鳥越はパックを開け、ハムを差しだした。

「七歳の女の子がさらわれた」

低く、鳥越は告げた。

群れのボスとおぼしき大きな雄が、彼の手から直接ハムに食らいつく。

「これから犯人が来る予定だ。……様子のおかしな野郎を見つけたら、教えてほしい。頼めるか？」

ボスは鳴かなかった。ただ首をもたげ、鳥越を見つめた。

「悪いな。手間をかける」

鳥越はさらにハムを差しだした。

鴉たちは二パック目は食べず、くわえて飛び去った。巣の仲間に持ち帰るか、もしくは貯蔵するのだろう。

鴉は食料を貯蔵した場所を、百箇所以上覚えていられるという。鳥類の中でも、ずば抜けて賢い種族なのだ。また夜目が利くだけでなく、人間の約五倍の視力を持つとも言われる。

アリオンに戻ると、追尾班が無線で矢継ぎ早に報告をがなっていた。

「マル父、国道×号線を進行中。葛町を通過」

「間もなく志筑市に入る」

「マル父、市境を通過」

「現場到着は、約十分後の見込み」

マル父こと三ツ輪直人の愛車は、ホンダのステップワゴンだ。色はミッドナイトブルー。ナンバーとともに、各班にすでに通達済みである。

カーナビに表示された時刻は午後八時二十三分。

鳥越は車のウインドウを全開にした。空を見上げる。鴉たちに動きはない。

「マル父、峠通りに到着。所定のコインパーキングに入った」

——来た。

空気に緊張が走った。

さきほどの街頭二班の若手が、あからさまに片耳に手をやる。馬鹿が、と鳥越は眉をひそめた。あれではイヤフォンがバレバレだ。

追尾班の報告が、たてつづけにスピーカーから響く。

「マル父、コインパーキングを出た。これより徒歩で現場に向かう」

「追1から各位。現着（げんちゃく）は約二分後の見込み」

長下部が無言で煙草を揉（も）み消す。

——間もなく現着。

うなじで産毛が逆立つのを、鳥越は感じた。冷えた夜気がひりつく。皮膚の一枚下で、猟犬の血がざわりと波立つ。

——マル父だ。

道の向こうから、三ツ輪直人がやって来るのが見えた。

大きな革製のボストンバッグを抱えている。

三千万円の重量は、約三キロだ。おおよそ新生児一人ぶんの重さである。まさしく赤子を抱くように、直人はしっかりバッグを胸に抱えていた。夜目にもはっきり、顔の青白さが見てとれる。

鳥越はいま一度、カーナビの時計を見た。

午後八時三十六分。

指定の九時まで、あと二十四分もある。そして脅迫状は、場所と時間を指定したのみだった。受け渡し方法については、まだなんの指示もない。

——普通なら「××の場所にバッグを置いて去れ」等、指示があるはずだが。

鳥越は空を仰いだ。

やはり鴉たちに動きはない。電線にとまったまま、行きかう酔客やキャッチを見下ろしている。冷静そのものだ。

「指揮車より各位」

無線から桜木班長の声が流れる。

「マル父、現着。各位にあっては警戒を続行」

「街(がい)1了解」

「遊(ゆう)2了解」

「生安了解」

各班が次つぎに応える。鳥越は後部座席を振りむいた。

「降りますか?」

今度は無視されなかった。長下部は唸り声を返し、サングラスをかけてからドアを開けた。彼につづいて、鳥越も車から降り立つ。

アリオンから離れ、二人は向かい合った。

さも会話しているかのように、適当に口を動かす。だが視線は噴水の半径五メートル以内に据えたままだ。

そのとき、女性の二人連れが鳥越に声をかけてきた。

「お兄さあん、どこのお店ー？」

「見ない顔じゃあん。名刺ちょーだい」

かなり酔っているらしい。だが無視するわけにもいかない。

鳥越は、かねて用意の名刺を取りだした。実際に峠通りに建つホストクラブ『ディアブロ』の名刺である。こういうときのため、事前に志筑署の生安課から仕入れておいたものだ。

鳥越は笑顔で女性たちに名刺を渡した。

「おれ零時から入るから、よろしくね。でもうち永久指名制だけど、大丈夫そ？」

「えー、いいよーお兄さんなら」

「お兄さんみたいな王子系、ここらじゃマジ貴重ー」

「ありがとう。今晩イベントあるし、早めに入店しといて」

むろん嘘（うそ）である。噴水のまわりを長々とうろついてほしくなかっただけだ。そばで睨みを利かせる長下部のおかげもあり、女性たちは名刺をもらってすんなり去った。

腕時計を覗く。あと十八分。

やはり鴉たちからのサインはない。

「ねえねえ、どこ行くの？　いま暇？　ねえいいじゃーん……」

通りから、またも呂律のあやしい声が聞こえてきた。

今度は男性だ。三十代なかばだろうか、乱れたスーツ姿で、千鳥足だった。通りすがる若い女性に、しつこく声をかけている。

女性が無視して早足になる。その前にまわりこみ、足止めしようとする。しかし逃げられ、「っだよ、ドブス！」と大声で喚く。

諦めて去るか、と一瞬鳥越はほっとした。だがありがたくないことに、男性はその場に居座ることに決めたらしい。

次つぎと若い女性に声をかけていく。噴水を時計盤に見立てるなら七時の方向、つまり三ツ輪直人のすぐ近くでのナンパだ。

「ねえ、いま時間ある？　どっか行こうよ。いいじゃんいいじゃん、ねえ……」

男が移動する様子はない。

見守る捜査員たちの空気が、目に見えて張りつめていく。

――ただのナンパ野郎か、それとも。

立ち飲み屋で客のふりをしている捕捉一班が、みるみる剣呑な目つきになる。あきらかに堅気の眼でなくなっていく。

――犯人でないなら、早く去らせないと。

この手の事件では、犯人は騒ぎを極力避ける。遠目にナンパ男を見て、金を諦めて帰る可能性は高い。

　そうして身代金の受け渡しに失敗した場合、人質の生存率はぐっと下がる。生かしておく意味がないからだ。

「そっち二人ぃ？　ね、カラオケ奢るよ、ねえねえ」

　指揮車からの指示はない。静観しろということだろう。

　鳥越はまたも空を仰いだ。

　一羽の鴉が、電線から急降下してくる。だが鳥越が鴉に指示を飛ばす前に、四時の方向から影が動いた。

　例の、街頭二班の若手だ。業を煮やしたか、ナンパ男に向かっていく。

「おいおまえ、さっきからウゼぇよ」

　酔っぱらいを装って、ナンパ男の肩を突く。

「っだよ！　誰だてめえ」

「誰でもいいだろうが。目障りなんだよ、とっとと消えろ」

　若手捜査員は、ナンパ男よりひとまわり以上体格がいい。だが酔いも手伝ってか、ナンパ男は引かなかった。逆に若手を突きかえし、押しのけようとする。

「ざけんな、失せろや」

「てめえこそ失せろ。ああ？　やんのかコラ」

　小競り合いがはじまった。指揮車から無線が入る。

「指揮車から各位。無理な排除行動は慎め。騒ぎを起こすな」

街頭二班の片割れが、慌てて若手を止めに走った。

しかし遅かった。若手もナンパ男もヒートアップしていた。ナンパ男は酒の勢いで、若手は正義感で、頭に血が昇ってしまっている。

鳥越はふたたび時計を覗いた。十二分前だ。

――まずい。なんとか騒ぎをおさめないと。

鴉の力を借りるかどうか迷う。

その逡巡（しゅんじゅん）の間に動いたのは、長下部だった。

小競り合いをつづける二人に、大股（おおまた）で歩み寄る。シャツの袖をぐいとまくりあげ、腕の刺青を剝（む）きだす。

ものも言わず、長下部は若手の頬を殴りつけた。若手がよろめき、噴水のすぐ横に膝を突く。

次いで長下部は、じろりとナンパ男を睨（ね）めつけた。

ナンパ男がすくむのがわかった。さすがに、一瞬で酔いが覚めたらしい。長下部の刺青から目をそらし、逃げるように駆け去っていく。

長下部が若手に向きなおった。膝を突いた若手の腹を、いま一度蹴（け）りつける。

街頭二班の片割れが、大げさなジェスチャーで割って入った。

頬を押さえながら、若手が立ちあがる。街頭二班の片割れがその肩を叩く。長下部に頭を下げてから、足早に二人でその場を離れていく。

遠巻きに騒ぎを見守っていた通行人たちが、ゆっくりとばらけていった。

――チンピラ同士の小競り合い、と思ってくれただろうか。

鳥越はほっと息を吐いた。無意識に噛みしめていた奥歯が、かるく疼いた。

時刻は八時五十分ちょうどだ。

顔は動かさず、視線であたりをうかがう。

だが不審な動きの男女は見当たらなかった。鴉からの合図もないままだ。さきほど降りてきた鴉も、はるか頭上の電線に戻ってしまった。

なまぬるい夜気が、頬を不快に撫でた。

8

その後、零時まで待ったが犯人は来なかった。

騒ぎに怖気づいたか、警察の見張りに気づいたか、それとも最初から来なかったのかは不明だ。次の接触を待つしかなかった。もっとも次があれば――の話だが。

撤退を決め、前線本部に戻ったのちも、一同は沈んでいた。

気まずい沈黙があたりを包んでいる。

マル父こと三ツ輪直人は、呆然と座りこんでいた。三千万円入りのボストンバッグを抱えたまま、放心している。捜査員たちを責める余裕すらないようだ。

「残念、だが……」

桜木班長が呻くように言う。全員の視線が、自然と彼に集まる。

鳥越だけが、気配を察して一歩下がった。

長下部が動く気配であった。

うなだれている街頭二班の若手に、長下部はまたも歩み寄った。彼の胸倉を掴む。つい数時間前も見た光景だ。しかし今度の拳は、芝居ではなかった。顔面でなく、若手のみぞおちに深ぶかとめり込んだ。

若手がその場に力なくくずおれる。

「長下部さん！」

「長下部さん、それ以上は……」

悲鳴のような声があちこちから上がる。

殴られた若手は、呻き声すら洩らさない。失態を自覚しているのだ。首をもたげて長下部を見るどころか、目線ひとつ上げなかった。

「長下部さん、勘弁してやってください」

街頭二班の片割れが、彼の腕に手をかける。すがるような口調だ。その頬は血の気が失せ、紙のように真っ白だった。

長下部は無言でその手を振りはらった。

荒々しい足音を立て、前線本部を出ていく。引き分け戸がぴしゃりと閉まる。

全員が思わず下を向いた。

反省。やりきれない思い。自己嫌悪。もっとうまくやれたのでは、との後悔。人質を今後、無事に取りもどせるのかという不安と焦燥——。そのすべてが押し寄せ、歴戦の捜査員たちの口を重くふさいでしまう。

鳥越は、桜木班長を見た。

引き分け戸をそっと指し、目くばせする。そのまま静かに前線本部を出る。

三和土で靴を履き、表に出た。

長下部がそこにいた。電柱にもたれ、苛々と煙草を吸っている。街灯の明かりが、ずんぐりしたシルエットを黒く浮かびあがらせている。

鳥越は長下部のそばへは行かなかった。一メートルほど離れたところに立つ。

「……なんなんだ、てめえは」

眉根を寄せ、長下部が言った。

「さっきも、いまもそうだ。おれの動きを察しても止めるどころか、止めるふりすらしねえ。ナメた野郎だ」

「暴力、苦手なんです」鳥越は肩をすくめた。

「喧嘩が弱いもんで」

「ケッ、よく言うぜ」

長下部が犬歯を剝きだす。

「眉ひとつ動かさなかったろうが。さっきはともかく、現場じゃてめえの面が割れんルートを優先しやがったな」

「駄目でしたか」

「いや」

長下部はかぶりを振った。ちいさく舌打ちする。

「……おまえが正しい。正しいルートだった。全員が、おまえくらい冷静であるべきだったんだ」

声音から苦々しさが抜けていた。鳥越を、上目で見やる。

「第一線を離れて長いせいだな。おまえという男を見誤った。……ツラと中身が釣り合わんやつだと、よく言われるだろう」

答える代わり、鳥越は逆に問うた。

「長下部さん。あなたの年齢なら、鳥越一彦という捜査員をご存じでは？」

「鳥越……」

つぶやいて、長下部がはっと息を吞む。

「おまえ、息子か」

「気づかれないことも多いんですよ」

鳥越は微笑した。

「親父と違って、おれはキュートでフレンドリーなキャラなのでね。捜一では、マスコット的存在として愛されています」

「ふん」

長下部は鼻で笑った。

「食えん野郎だ。ふてぶてしい性格は親父譲りってわけか」

「正直、あまり言いたくないんですがね。うちの親父は悪名のほうが高い」

「言えてるな」

長下部が苦笑したとき、背後で格子戸がひらいた。

出てきたのは桜木班長だった。頬が強張っている。悔恨と、いまだつづく緊張のせいだろう。心なしか目じりが吊りあがって見える。

「長下部さん。犯人の次のコンタクトまで、黙って待っちゃいられません」

低い声だった。

次いで彼は、鳥越を見やった。

「犯人からの封書は、二度とも『十雪会』の元会員に届いた。偶然だと思うか？」

「思いません」

鳥越は即答した。班長がうなずく。

「だよな。だがほんとうに会がらみなのか、犯人がそう見せかけたいだけか、会員もしくは指導者への怨恨か……。仮定の先に、可能性は無数に枝分かれしている。とはいえ、調べてみて損はない」

口調に力が戻りつつあった。

「調べるのはかまわん」長下部が言う。

「だが犯人が現場まで来ていたなら、おれは面が割れたかもしれんぞ」

「あのときの長下部さんは、ツラより腕の墨のほうが目立ってましたよ。サングラスもかけてましたし……。ですが様子を見て、村外で動くほうが無難ですかね」

桜木班長が提案する。

「おれはどうしましょう？」鳥越は己の顔を指した。

「引きつづき、長下部さんと組め」

班長は即答した。

「おまえはハナから働かせるつもりだった。いまの前線本部に、捜一の刑事を遊ばせておく余裕はない。せいぜい足を使え。靴底をすり減らしてこい」

「了解です」

鳥越は顎を引き、長下部に向きなおった。

「では先輩、今後ともご指導ご鞭撻（べんたつ）のほど、よろしくお願いします」

「おう」

長下部が応えた。唸り声でも無視でもない、はじめてのまともな返事であった。

第二章

1

その夜、鳥越は自宅に戻った。

明日から本格的な鑑取り捜査である。よく食って、寝ておかねばならない。

スマートフォンを確認すると、水町から報告が入っていた。

「奥さんは『十雪会』とはなんの関係もないようです。知識も皆無でした。空き時間にウィキペディアを閲覧しましたが、説明はほんの数行です。

創設者は辻十雪、本名は辻幸男。活動時間は一九六〇年代後半から八〇年代前半と、ごく短いです。一九八四年の辻の死で、見る間に統率力を失くしたようですね。理念は『地球と共棲、自然との融和』等々の、よくある系です」

鳥越は礼の言葉を送った。

つづいて「奥さんの様子は?」と打ったが、思いなおして消す。訊くまでもないことだ。いま頃は失意のどん底にいるに違いない。

スマートフォンを置き、着替えた。炊飯器を開けて覗く。

残っていた冷や飯で、焼き飯を作ることにした。炒飯ではない。あくまで焼き飯だ。冷蔵庫にあるものと冷や飯を、適当に炒めるだけのずぼら飯である。今日の具は卵、鮭フレーク、レタス、万能ねぎにした。

マヨネーズで炒めた三分の一を皿に取り分け、残る三分の二は出汁醤油と旨味調味料と胡椒で味付けする。出汁醤油は一応、熱い鍋肌で焦がした。

火を止める。ビールを冷蔵庫から一本抜く。

ベランダのサッシを開け、さきほど取り分けた皿を置いた。

自分の焼き飯は皿に盛らず、フライパンのままにした。テーブルに鍋敷きを置き、スプーンを突っこんでの直食いである。

ビールのプルトップを開けると同時に、鴉が二羽飛んできた。

壮年の雄と雌だった。雄はすぐ皿に嘴を入れたが、雌はじっと鳥越を見つめている。もの問いたげな瞳であった。

「……女の子がさらわれたんだ、七歳だ」

峠通りでもした説明を、鳥越は繰りかえした。

「元仲間の、孫娘なんだ。さらったやつを今日中に逮捕したかったんだがな。しくじった。孫娘の住まいは小角市。元仲間の遺体が発見されたのは胎岳村だ。なにかわかったら、頼む」

納得したのか、雌が焼き飯を食いはじめる。

鴉たちががっつく様子を肴に、鳥越はフライパンからじかに焼き飯を食い、ビールを飲んだ。

食い終えて、鴉たちが飛び去る。

鳥越は焼き飯の残りをスプーンでかき集め、胃におさめた。

ふっと、昼に見た老女の姿が頭をよぎった。鴉に囲まれていた老女だ。いったいあれは、誰だったのだろう。

――まあ、捜査を進める過程でわかるか。

己に言い聞かせ、鳥越は立ちあがってサッシを閉めた。

2

翌朝起きると、雨がぱらついていた。

小やみになるのを待ってアパートを出る。

朝食は家で取らず、駅前の純喫茶で済ませた。鳥越が知る限り、市内ではここのコーヒーが一番濃い。二杯おかわりし、洗面所でかるく歯をみがかせてもらった。

長下部とは、県警本部の前で待ち合わせた。

「行くぞ」

鳥越の顔を見て早々、顎をしゃくる。

「誰から行きます？」

「辻十雪の甥（おい）っ子だ。実妹の長男で、現在五十八歳の建築技師。事務所はここからバスで二区間の北園（きたぞの）町にある。家族は妻と息子二人だ」

「いいですね。運がよけりゃ、辻の昔の写真が拝めるかな」


辻の甥は、迷惑そうな様子を隠さなかった。だが渋しぶながらも、扉を開けて鳥越たちを迎え入れた。

平屋建ての建築事務所は、外装も内装も無機質なモノトーンである。しかし一歩入れば、パソコンやＣＡＤ（キャド）のまわりに雑然と資料が積み重なり、部屋いっぱいにコーヒーの香りが満ちていた。

「伯父と——辻と会ったことは、数えるほどしかありません」

うつむき加減に彼は言った。

辻幸男の生家は、江戸の世からつづく富裕な農家であった。豪農とまでは言えずとも、農地改革前には小作人を何十人と抱えるお屋敷だったという。

生まれたときの姓名は、末広（すえひろ）幸男。

「辻は生きていれば、ええと、八十八歳になるはずです。死んだのは約四十年前ですが、その頃には親戚付き合いはとっくに途絶えていました。……ぼくが最後に会ったのは、小学生のときですよ。辻がみち子伯母さんと天馬くんを連れて、いきなり本家の法事に現れたんです」

その頃、辻家はとうに胎岳村に移住していた。天馬は中学生のはずだが、就学していなかった。それどころか戸籍すらなかった。

「辻は変人でした。いえ、変わってるというより、気味が悪かった。その妹である母は、ずっと辻を恐れつづけていました」

「具体的に、彼のどこを恐れたんです？」と鳥越。

甥は暗い声で答えた。

「母が言うには、辻は幼い頃から人と違ったそうです。乱暴者で、勉強はまるでできなかった。友達もいなかった。だが母は終生、『兄は頭がよかった』と言っていました。『嘘がうまくて、狡猾で、ほんとうに賢かった。勉強ができなかったのは、兄が学校や成績に興味がなかっただけ。般若心経を一、二度聞いただけで丸暗記したこともある。一度会っただけの人も全員覚えていた』と」

辻が十四、五歳になるまで、彼の母親は被害をこうむりつづけた。殴られ、蹴られ、小遣いを奪われた。辻が犯した万引きの罪を、なすりつけられそうになったことさえある。

「ですがそのときは、祖父——母の実父です——が、『娘がそんな真似をするものか』と言い張り、かばいとおしたそうです。そして後日に辻がやった証拠を見つけ、本人に突きつけた。しかし辻は一言も謝ることなく、『娘のためなら頑張るじゃないか』と、せせら笑ったとか」

辻の父親は婿養子だった。家の中では立場が弱かった。

一方の辻は、跡取り息子として祖母と母親に溺愛された。彼の評判がどんなに悪くとも、彼女たちはお互い競い合うように辻を甘やかした。

「ほんとうに、競い合っていたのかもしれませんね」

鳥越は相槌を打った。

「なさぬ仲でなくとも、仲の悪い母娘はいます。約九十年前なら〝長男を取りこんだほうが家庭に君臨できる〟という価値観は、充分にあり得たでしょう」

「だとしたら、その歪んだ子育てはある意味成功でしたね。辻はあきらかに、いびつな人間に育ちました」

彼の母親は、辻の話題を避けつづけて生きたという。だが病に倒れ、死期を悟ってから、ようやくぽつぽつと漏らすようになった。

「幼い頃から、辻は葬儀、死、宗教などに興味があったそうです」

甥は語った。

「十歳ごろには、近所でペットが死んだと聞きつけると『おれが埋めてやる。千円で葬式を出してやる』と言ってまわったとか。もちろんみんな気味悪がって断りますが、はねつけられず、払ってしまう子もいたようです」

しかも同時期に、外飼いの猫が殺される事件が相次いだ。そのたび「葬式を出してやる」と言いにくる辻を、子どもだけでなく大人も疎んだ。

——まるで死神だ。

——いや、あの子が猫を殺してるんじゃないのか。

そんな噂まで立った。辻の祖母と母親が打ち消してまわったが、完全に噂が絶えることはなかった。

辻の〝葬式ごっこ〟は、彼が小学六年生になるまでつづいた。

中学でも、やはり辻の成績は地を這った。

しかしこの頃、彼は己のライフワークを見出しはじめる。

中学二年の夏休み、辻はある神社に目を付けた。宮司が高齢で後継者もおらず、さびれる一方の神社であった。

辻はその神社に出入りし、宮司の話を毎日聴きに通った。そして夏休み明けには、担任が目を剝く出来ばえの自由研究レポートを提出した。

だがその後、辻の〝神社熱〟はあっさり冷める。

神職になるには神道系の大学に行くか、養成講習会や養成所に通う必要がある等、面倒なことがわかったからだ。以後、彼は神社通いをぱったり辞めてしまう。

そして高校一年の秋、祖母が逝去。

この死を境に、辻は家出を繰りかえすようになる。理由は「家にいる意味がないから」。

彼を溺愛していた母親も、この頃には匙を投げている。

その後、出席日数ぎりぎりながらも、なんとか高校を卒業。

——東京に行きたい。でかいことをするには東京でないと。

そう言い張り、辻は母親から金をむしりとって上京した。

二年後、薬事法違反と暴行にて逮捕。無許可の医薬品を売りつけた上、「効かない」とクレームをつけた相手を殴ったのである。

さらに一年後、心霊治療による詐欺で逮捕。このときは罰金刑では済まず、黒羽刑務所に一年服役した。

「この頃、母は進学時期でした。東京で心理学を学びたかったが、辻とかち合うのを恐れ、諦めて地元で進学したそうです」

しかし、それも虚しいあがきだった。

出所後の辻が、あっさり地元へ戻ってきたからだ。

辻は帰郷してすぐ、後継者のいない神社にふたたび目を付けた。おべっかを使って宮司に気に入られ、やがてわがもの顔で采配を振るうようになる。ちなみにこの宮司の一人娘が、のちに妻となる辻みち子である。

氏子たちを足がかりに、辻は人を集めて教話をするようになった。

彼は弁が立った。教話の規模は次第に大きくなり、やがて講演と呼べるレベルになった。

「最初は無料でしたが、だんだんお金を取って講演するようになったそうです。この頃にみち子伯母さんと結婚し、婿養子になって苗字を〝辻〟に変えました」

思えば彼の父も婿養子だった。姓を変えることに、心理的な抵抗は薄かった。

「『十雪会』を興したのもこの頃です。はじめのうちは自称『伝道団体』でしたが、やがて『自然派の共同体』を謳いはじめました。そっちのほうが、なんというか……時代に合っていて、キャッチーだったんでしょう」

時代は一九六〇年代。

アメリカではフラワーチルドレンが流行しつつあった。『武器ではなく花を』のスローガンが街に溢れ、人々は反戦運動を通して自然回帰したがった。

「『十雪会』が胎岳村に本拠地を構える決心をしたきっかけは、天馬くんの誕生です。『大事なわが子を資本主義に洗脳させはしない』と言い張り、会員を引き連れての移住でした。この時点で、会員は三百人ほどいたそうです」

「出家信者……いや、出家会員ってやつか。会員の家族や、親族の反対はなかったんですか？」

「当然あったようです。大半の会員が、辻について行くために会社を突然辞めたり、夫に一言もなく子連れで家出したり、財産をすべて寄進して移住したりと、異様でしたからね。なんとか洗脳を解き、連れ戻そうとする家族や配偶者が、あとを絶たなかったと聞きます」

だが奪還をはかる過程で取りこまれ、逆に会員になってしまう者もすくなくなかった。

それほどに辻は口がうまく、見た目もさわやかだった。

「いわゆる、反社会性人格障害ですかかな」

鳥越は肩をすくめた。

「刑事をやっていると、間々出会いますよ。後悔や罪悪感を覚える回路がなく、恐怖心がほぼ皆無で、息をするように嘘をつく。彼らが平気で人をだませるのは、自分以外の他人はみんなゴミと思っているからです」

「ええ。それです。まさしく辻はそういう人でした」

甥は吐き捨てるように言った。

「辻のせいで、わが家も大迷惑をこうむりましたよ。あいつの親族だというだけで、いやがらせの電話だの脅迫状だのが絶えなかった。家は三回引っ越したし、ぼくも二度転校しています」

この甥よりも、辻の長男の天馬は二歳上である。

みち子は妊娠中、正規の検診を一度も受けていない。出産もやはり自宅で、産婆資格を持つ会員が取りあげた。

生まれた長男を見るや、辻は「この子は地球市民だ。日本国籍は取得させない」「資本主義とは無縁に育ててあげる」と宣言したという。

その後、村内で生まれた子どもたちもみな同じ運命をたどった。自宅出産。出生届なし、定期検診なし。西洋医学の忌避。ワクチン忌避。就学の拒否。辻は嬉々として、子どもらの名づけ親になった。

一九七〇年代後半に、『十雪会』の規模はピークを迎えた。二百世帯余りが、村で自給自足の暮らしをしていた。

「ぼくが最後に辻と会ったのが、この頃です。さっきも言ったように、いきなり法事の席に現れたんですよ。みち子伯母さんと、天馬くんと一緒にね」

おそらく辻は、凱旋(がいせん)気分で登場したに違いない。

辻は胎岳村では偉大なる指導者だった。その気分のまま本家を訪れ、親類縁者たちから総スカンを食った。

「みんな辻のせいで、大なり小なり迷惑してましたからね。加えて、本来なら中学生の天馬くんが就学していないこと。会員の家族に訴えられて負けたのに、督促状を無視していること。会の子どもたちに、不衛生で貧しい暮らしを強いていること——。すべてが糾弾の種でした」

辻をかばう者はなかった。彼の祖母はすでに亡く、存命中の母親は婿養子に行った彼を恨みつづけていた。

総攻撃を浴びた辻は、激怒した。テーブルをひっくり返し、本家の長男を殴ったばかりか、仏壇の花立や遺影まで蹴り落としたという。

「王様気取りでしたよ。……裸の王様です」

甥は唇を歪(ゆが)めた。

「一方で、久々に会った天馬くんは別人でした。暴れる父親を前に、まるっきりの無表情だった。能面さながらでした」

みち子もまた同様だった。顔から生気が抜けきっていた。目はうつろで、鬢に白いものが目立った。

のちに知ったことだが、その頃の辻は家に寄りつかず、愛人たちの家を泊まり歩いていた。愛人は全員が『十雪会』会員で、そのうちの一人の國松ミサヲには子どもまで産ませていた。

「その法事を境に、やつとは二度と会っていません。辻が一九八四年に死ぬまで——いえ、死んでもです。葬儀には出ていませんし、墓がどこにあるかも知りません」

辻の死因は、肝臓癌だそうだ。

会員に『清貧、粗食』を強いながらも、辻本人は大酒呑みだった。趣味のパチスロや賭け麻雀にも、死の間際までこっそり通いつづけた。自然派を標榜しながらも、その実態は〝飲む・打つ・買う〟の三拍子揃ったろくでなしであった。

「辻十雪の若い頃の写真などは、実家におありでしょうか」

鳥越は尋ねた。甥が首をかしげる。

「どうかな。一応訊いてみましょう」

スマートフォンを取りだし、母親当てにLINEを送る。

着信音が鳴ったのは数分後だった。

「アルバムがあったそうです。これが辻ですよ。二十歳前後かな」

と液晶を差しだしてくる。

画面を覗くと、色褪せた白黒写真が表示されていた。床に置いた写真を、スマートフォンで撮ったものらしい。鳥越は目を細めた。

「いい男ですな」

本心だった。

スターといえば石原裕次郎や津川雅彦の時代だろう。辻が彼らを意識していたのが、髪型や表情の作りかたから見てとれた。美男を自覚していた彼は、己の容姿を最大限利用したに違いない。

「母いわく、辻は曾祖母似なんだそうです。曾祖母は評判の美女でしたが、実子たちにその美貌は遺伝しなかった。……皮肉なことに、曾祖母の面差しを唯一受け継いだのが、辻でしたね」

甥の口調は、最後まで嫌悪をたたえていた。

3

次に鳥越たちは、江藤美枝という女性に会った。

辻十雪の愛人、國松ミサヲの実娘である。ただし辻の子ではなく、ミサヲと前夫の間に生まれた娘だ。

ミサヲは育児に悩んでいた頃、辻の教話に感動して信奉者になったという。辻が胎岳村に移住するや、ミサヲは止める夫を振りきって娘とともに出奔した。当時、美枝はわずか二歳だった。

「わたしは二歳から十歳まで、胎岳村で育ちました」

美枝は淡々と語った。

まだ五十八歳とは思えぬ、悟りきったような表情だ。過去の苦労がそうさせたのだろうか、ひどく老成して映った。

十歳の春、美枝は父によって〝奪還〟された。

父いわく、当時はまるで野生児だったという。

手縫いの服を着て、髪はざんばら。平仮名がかろうじて読める程度で、「アメリカ」「冷蔵庫」「カレンダー」といった単語すら知らなかった。ただし足し算引き算、九九はできた。農作業に必要だったからだ。

「以後は、祖母と父と三人で暮らしました。十歳からの就学ということで、かなり苦労しましたね。一年生に交じって、一番後ろの机で、五十音の勉強から……。まわりに馴染めなくて、ずっといじめられてました」

中学卒業後は、夜間定時制の商業高校に通った。

さいわい彼女は、生涯を通して数字に強かった。在学中に簿記二級を取得し、自宅から自転車で通える塗装会社に就職した。そこで夫と出会い、平穏に息子二人をもうけたという。

「胎岳村でのことは……いま思いかえせば、悪い夢みたいです。はっきりした記憶と、あいまいな部分が混ざっていて」

でも、辻のことはよく覚えています――。

美枝は睫毛を伏せた。

彼女たち母子が村に居を構えてすぐ、辻は忍んでくるようになった。

来るときには必ず、化粧水や日焼け止め、生理用品などを携えていた。ほかの会員には禁止している品だ。ミサヲは喜んでそれを受けとった。

「みち子さんも承知でしたよ。いま思えば、本妻公認の愛人でした。みち子さんには、辻に文句を言う権限がなかったんです」

辻はミサヲ以外にも、村内に愛人を囲っていた。いずれも子連れの既婚女性だ。夫を捨て、家出してきた者も多かった。

「見知らぬ土地で、男手もないわけですからね。辻しか頼る人がいませんもの。おまけに彼女たちはみな、辻を崇拝しているんですから……。あいつにしてみたら、ちょろい獲物だったでしょう」

語尾に皮肉が滲んだ。

ミサヲはその後、辻の子をたてつづけに産んだという。

美枝と五歳違いの長男、飛竜。

その年子の次男、綺羅。

「辻は、彼らを溺愛しました。わたしのことは……いじめたりはしなかったけれど、基本は無視でしたね。わたしがほかの会員と農作業や水くみをしているとき、二人は読み書きを教えられていました」

愛人のうち、辻の子を産んだのはミサヲだけだ。

みち子は天馬の下に娘を一人産んだものの、生後数箇月で亡くしている。胎岳村は無医村で、辻は西洋医学全般を否定していた。『十雪会』会員の間では、乳児の死亡率はかなり高かった。

「息子一人だけのみち子さんと、息子二人を産んだ母。こう言ってはなんですが、母はだいぶ調子に乗ってましたよ。辻の寵愛(ちょうあい)をいいことに、みち子さんをないがしろにすることもしばしばでした」

みち子は聡明でやさしかった、と美枝は語った。

息子の天馬も穏やかな少年で、美枝と仲良くしてくれた。

「逆に種違いの兄弟とは、あまりうまくやれませんでした。飛竜さんと綺羅さんは、天馬さんとも仲が悪かったです。というか飛竜さんたちが、一方的に天馬さんを嫌っていましたね」

ただし美枝の記憶は、このあたりで途切れる。彼女が父親によって〝奪還〟されたからだ。

その八年後、辻は肝臓癌で死亡。

指導者を失った『十雪会』は、その後わずか数年で瓦解する。櫛の歯が欠けるように、一人また一人と去り、現在残っている会員は十六人きりである。

現在は行政と和解し、昔ほど文明から隔絶された暮らしではないようだ。

「天馬さんとだけは、いまもたまに連絡を取っています。最近スマートフォンを契約したそうで、ＬＩＮＥも来るようになりました」

ふっと美枝は笑った。

天馬はいまだ独身だ。一方で、飛竜は村の女性と、綺羅は二世会員とそれぞれ結婚している。

「天馬さんが言うには、飛竜さんたちもずいぶん丸くなったそうです。二十一世紀に入ってからは、お役所の勧めに従って戸籍も作りましたしね。いまはＪＡに加入して、道の駅や直売所に野菜を委託しています。もちろん納税もしてますよ。あんなに閉鎖的で、ときには鍬や鎌で武装することもあったのにね。それを思えば、嘘みたいな変わりようです」

なおミサヲは、数年前に病死した。

美枝は葬式に行かなかった。それどころか結婚したことも、孫が生まれたことも知らせずじまいだった。

「死ぬまで知らなかったんじゃないですか？　でも、どうでもいいです。わたしの人生に、母はとうに関係ない人でした」

眉ひとつ動かさず美枝は言った。乾ききった声だった。

4

覆面パトカーのアリオンは、商店街のコインパーキングに駐(と)めてあった。戻って運転席に腰を落ちつけるや、鳥越は後部座席の長下部に尋ねた。

「ご不満ですか」

「あ？」

バックミラー越しに長下部が睨(にら)んでくる。鳥越は苦笑した。

「いえ、聞き込みの質問役をずっとおれに丸投げなので、捜査の方針にご不満かと思いまして」

「あのな、おれは……」

反駁(はんばく)しかけて、長下部が言葉を呑む。

大きなため息をついてから、彼はシートに深く身を沈めた。

「不満ってほどの不満はねえよ。ただ三ツ輪さん殺しの犯人を追うのに、遠まわりをしてる気がしてならねえんだ。それだけさ」

「三ツ輪勝也さんと、親しかったんですか」

「それほどでもねえ」

長下部はかぶりを振った。

「だが声をかけられりゃあ、酒や飯に付き合うくらいはした。……警察学校時代、三ツ輪さんはおれの期の指導教官でな。ほんのひよっ子の頃、しごきにしごいてくれたのがあの人だ」

なるほど、と鳥越は声に出さず納得した。

警察官の多くは、警察学校での絆を長く大事にする。同期や先輩後輩、指導教官への思い入れは、退官するその日までつづく。

「三ツ輪さんは一課でおれは四課と、畑は違ったがな。おれのほうで一方的に親近感を抱いていた。尊敬もしていたよ。似たタイプの刑事だと思っていた」

「迷宮入り事件に連続で当たって、ゴンゾウ化したとお聞きしました」

「ああ」

くしゃっと長下部は顔をしかめた。

「……『安城寧々ちゃん事件』の前年は、いやな年だった。アメリカの高校で銃の乱射事件があったり、あちこちの国で大地震が起こったりと、世界規模で不安定だったな。東海村の臨界事故も、確かあの年だったんじゃねえか」

後半の言葉は、独り言に近かった。

鳥越は無言でつづきを待った。

「まず六月に『高瀬由岐ちゃん神隠し事件』。八月に『小角男性市議墜落死事件』。そして十二月に『賀土老夫婦強殺事件』が起こった。……おまえ、これらの事件を知ってるか?」

「概要だけなら、一応」

鳥越は答えた。

「とはいえ、時系列までは気が行ってませんでした。言われてみれば、すべて同年に起こった事件ですね。確か高瀬由岐ちゃんは、安城寧々ちゃんと年ごろが同じだったような……」

「ああ。由岐ちゃんは六歳、寧々ちゃんは七歳だった」

長下部はうなずいて、

「だが、同一犯かどうかは不明のままだ。寧々ちゃんは県庁所在地のパチスロ店から連れ去られたが、由岐ちゃんは二十キロ以上離れたサービスエリアで失踪した。父親が下の子に気を取られている隙に、忽然と消えたらしい。周囲の防カメは、由岐ちゃんの姿をいっさいとらえていなかった。『寧々ちゃん事件』と違って、身代金要求の電話もなかった」

「サービスエリアなら一帯の交通量は多い。事故の可能性も高いですね」

「ああ。親が目を離した隙に駐車場に出て撥ねられ、隠蔽をはかった犯人によって、車で運ばれた——という筋書きも想定された。しかし運悪く、どしゃ降りがつづいてな。駐車場は雨で洗い流され、血痕も微物も発見できなかった」

「由岐ちゃんの遺体は、いまだ見つかってませんよね？」

「そうだ。それに対し、寧々ちゃんは、猟奇的とも言えるほど無残な状態で見つかった。遺体をさらし者にするかのような、無造作な遺棄だった」

「では、手口が違うか」

　鳥越は考えこんだ。

「遺体の扱いには、犯人の個性が出ますからね。サディスティックな野郎は、終始サディスティックなもんです。手口は次第にエスカレートしがちだが、どの事件にも片鱗というか、犯人の匂いがあるもんだ」

　つぶやくように言ってから、後部座席を振りむく。

「その二箇月後に発生した『小角男性市議墜落死事件』は、四課と一課の合同捜査でしたよね？」

「ああ」

　むっつりと長下部は首肯した。

「所轄署と捜一、そしておれたち四課の事件だった。マル害の菰田雄作は、小角市議会と反社との癒着を、再三追及していたからな。まだ四十代で、えらい熱血漢だったよ。いい男だった」

「そのいい男が、突然の不審死を遂げたってわけだ。確か、ホテルの高層階から落ちたんでしたっけ？」

「十一階からだ。菰田市議が泊まった部屋は、換気のため窓が開く造りだった。ただし開くと言っても、最大で十五センチだ。肥満気味だった市議がどうやって十五センチの隙間から出て落ちたのか、誰も説明できなかった」

「証言や物証が、まるで集まらなかったそうですね」

「ああ。みんな貝のように口を閉ざした。市議が泊まった部屋はきれいに拭われていて、採取できた指紋、頭髪、唾液等はすべて菰田市議一人のものだった。寸前にどんな凄腕の客室清掃員が掃除していようが、あり得ねえわな」

「菰田市議が議会との癒着を主張していたのは、どこの組です？」

「延成会だ。山口組の二次団体さ」

　長下部はがしがしと頭を掻いた。

「延成会は、L県警四課の天敵でもある。ぶっちゃけマル対が延成会だけなら、もっと楽だったんだ。だが捜査が進むうち、話がややこしくなりやがってな」

「と言うと？」

「菰田市議が追っていたのは、反社との繋がりだけじゃなかった。市議会はある〝特定団体〟ともべったりで、悪さを重ねていたらしい」

「特定団体……」

　鳥越は低く繰りかえしてから、「なに系のです？」と尋ねた。

「それが、いまだにわからんのだ」

　いまいましげに長下部が答える。

「やれ政治団体だ、新興宗教だ、いや革マル系だと、あらゆる説が出た。だが結局、特定にはいたらんかった。とはいえ、ひとつ言えることがある。……そのときもいまと同じく、

『十雪会』の名が捜査線上に浮かんだんだ。孤田市議が調べていた〝特定団体〟候補のひ

とつとしてな」

「マジですか」

「マジだ」

長下部が首肯する。

「とはいえ、本命じゃあなかった。『十雪会』は弱小団体の上、すでにリーダーの辻を失い、崩壊しかけていた。ただ生前の辻が、延成会とパイプを持っていたのは確からしい。考えてみりゃ、会員の寄進と自給自足だけで五百余人の生活を賄えるものか、大いに疑問だわな」

「つまり、辻はマルBと繫がって、なんらかの外貨稼ぎをしていた?」

「その可能性は高かった」

と長下部は同意してから、

「だがどういうわけか、捜査の途中で上層部が及び腰になりやがってな。妙にばたばたしはじめたと思ったら、ある日突然、特捜本部を縮小させられた」

と吐き捨てた。鳥越が眉をひそめる。

「捜査の途中で——ですか。ってことは、そうとうに上からの横槍?」

「わからん」

長下部はそっけなく言った。

「長くサツカンをやってりゃ、間々ある話さ。……とはいえこれがつづけば、おれら下っ端がやる気をなくすのも自然の道理だ」

「ですね」

鳥越はおとなしく首肯した。

気持ちはよくわかる。ひどい話だ。真実の追求という点でももちろんだが、刑事という名の猟犬に餌(えさ)の匂いだけ嗅(か)がせておいて、噛みつかせないのは拷問に近い。

「そのさらに四箇月後に、『賀士老夫婦強殺事件』ですか」

「そうだ」

長下部が内ポケットを探り、くしゃくしゃのセブンスターを取りだした。

「ぶっちゃけおれは、この強殺事件が一番くせえと思っている」

「なにがです？」

「今回の三ツ輪さん殺しとの、因縁さ」

「ほう」

鳥越は車のエンジンをかけ、ウインドウを開けた。

「お聞かせください」

「言われねえでも話すさ。おまえ、塙乙次(はなわいつじ)という、くだらんチンピラの名を聞いたことはあるか？」

「そりゃありますよ」

鳥越はウインドウの隙間から副流煙を逃がして、

「チンピラどころか、凶悪犯じゃないですか。二十年以上前の、『稗木田一家強盗殺傷事件』の犯人だ。……ああ」

言葉のなかばで察した。

「そうか。『賀土老夫婦強殺事件』も、塙の仕業でしたか」

「挙げられずじまいだったがな。捜一の同期が歯噛みして悔しがっていたのを、よく覚えてる。……くそったれが。あのとき塙をムショにぶち込めていたら、稗木田事件は起こらなかった。あの一家は、いまも全員生きていたんだ」

長下部が盛大に煙を吐く。

『賀土老夫婦強殺事件』はいまから二十六年前、下志筑郡賀土町で発生した強盗殺人事件である。

被害者は土地持ちの富裕な老夫婦だ。クレジットカードや銀行振り込みを信用せず、家に小金を貯めこんでいるともっぱらの噂だった。

その夫婦が早朝、死体となって発見されたのだ。

死因は二人とも、鈍器状のもので頭蓋骨を割られたことによる脳挫傷。顔面には激しい殴打の跡があった。また夫のほうは、手の指を三本折られていた。金庫の暗証番号を聞き出すため、拷問したに違いなかった。

「八十過ぎの、吹けば飛ぶような爺さん婆さんだぜ？　その顔面を容赦なく殴れるってだけでも、普通じゃねえやな」

長下部は眉間に皺を刻んでいた。

「塙乙次は、マル被として浮かんでいたんですよね？」と鳥越。

「むろんだ。やつは当時、すでに前科四犯だった。未成年の頃から婦女暴行、強盗、傷害を繰りかえす札付きだった。おまけに抜け目のねえやつでな。三十を過ぎてからは頭をつるつるに剃り、犯行時には必ず手袋をするようになった」

「憎たらしい野郎ですね。おれの可愛さを分けてやりたい」

その軽口を長下部は聞き流し、

「てなわけで、現場には髪の毛一本、指紋ひとつなかった。だが『賀土事件』の直後から、やつははっきり羽振りがよくなっていた。犯行前に現場付近をうろつく姿も目撃されている」

「ですが、どれも状況証拠に過ぎませんね？」

「ああ。検察を動かせるだけの物証はゼロだった。そんなこんなで、この事件もぐだぐだのまま終わりやがった。捜本から一人減らされ二人減らされ……気が付きゃあ、実質上の解散状態だ」

長下部は首をすくめ、

「そしてとどめの『安城寧々ちゃん事件』さ。傍目にもはっきりわかったよ。三ツ輪さんが、捜査に熱を失くしちまったのがな」

と低く言った。

「由岐ちゃんと寧々ちゃんは、三ツ輪さんの次男坊と同じ年ごろだった。また三ツ輪さんは、菰田市議のシンパでもあった。『おれは菰田に一票入れた』と、どこでもはっきり公言していたよ。そしてあの人は、塙乙次の天敵でもあった」

「天敵？　因縁があったんですか」

「やつは当時、前科四犯だったと言ったろう。そのうち二回は、三ツ輪さんに逮捕されて懲役(おつとめ)したのさ」

携帯灰皿に、長下部は灰を落とした。

「『いつか三ツ輪の野郎をやってやる』というのが、塙の口癖だった。まあお礼参りを果たす前に、『稗木田事件』で挙げられちまったがな」

『稗木田一家強盗殺傷事件』は凄惨(せいさん)な事件だった。石舟(いしぶね)町大字稗木田に住む四人家族が、金銭目的で殺傷されたのである。

父親と長男が殺害され、母親と次男が重傷を負う大事件だった。現場からは現金約二百万と貴金属、高級時計がごっそり盗まれていた。

だが『賀土事件』とは違い、『稗木田事件』はスピード解決した。

相手が家族四人とあって、塙は単犯(タンパン)を避けた。刑務所でできた仲間と〝仕事〟をした。

その相棒から、足が付いたのだ。

父親を殺害する際、相棒は反撃されて太腿(ふともも)を刺された。自然治癒は望めない深手だった。

塙に内緒で、相棒は病院へ駆けこんだ。医師は「転んだとき刺さった」と繰りかえすばかりの彼をあやしんだ。その後、病院側からの通報により、あっさり相棒は逮捕された。

この相棒の自白に加え、塙もDNA型の鑑定結果によって数日後に捕縛された。被害者の眼窩から、塙の体液が検出されたのだ。

「一審判決で、塙は懲役二十五年でしたっけ？」

鳥越は訊いた。

「勾留中に『賀土事件』の自白が取れなかったのが悔やまれますね。もし取れていれば、二十五年じゃ済まなかったはずだ」

「ああ。確実に極刑にできただろうよ。……くそったれが」

長下部が煙草を携帯灰皿にねじりつぶす。

「その頃には、三ツ輪さんは完全にゴンゾウ化していた。暇な田舎署に異動し、定年までをのらくらと過ごした」

「長下部さんと同じコースですな」

鳥越は、あえてそこに突っこんだ。長下部の反応を見るつもりだった。

だが案に相違して、

「そうだ」

と長下部はあっさり首肯した。

「四十を過ぎてからの三ツ輪さんの評判は、お世辞にもよかぁねえ。管内のマルBと飯を食ってただの、袖の下がどうこうだのと、くせえ噂ばかりだった。市民と揉めることもしばしばだった」

「熱血刑事が、えらい変わりようですね」

「まあ人間が折れるときってのは、そういうもんさ」

「長下部さんはその頃には、もう三ツ輪さんと付き合いがなかったんですか？」

鳥越はまたも探りを入れた。

長下部はそれには答えず、

「……塙の野郎が仮釈放されたのは、去年の冬だ」

と言った。

「いいことを教えてやろう。じつは塙は、胎岳村の生まれだ。ついでに言やあ、辻天馬と一歳しか変わらん」

「それはそれは」

鳥越は口の端を持ちあげた。

「じゃあ塙は、『十雪会』の全盛期を知ってるんですね」

「そういうことだ。むろん、当時は洟たれのガキだったろうがな」

「長下部さんは、昨日の段階でそれをご存じでした？」

「いや、知っていたのは仮釈放の件だけだ。野郎が胎岳村と関係してると知ったのは、つい昨夜(ゆうべ)さ。あれから署に戻って、データベースを確認した」

「なるほど」

鳥越はギアを入れ替え、車を発進させた。

「長下部さんが、外まわりに乗り気じゃない理由がわかりましたよ。おれもいったん、前線本部に戻りたくなってきた」

精算機に駐車券と小銭を入れ、コインパーキングのゲートを通過する。

「桜木班長に、おれから可愛くおねだりしてみましょうか」

「おまえが？」

ハンドルを握りながら鳥越は言った。

「先にも言ったとおり、おれには親の七光りがあるのでね。ラブリーでフレンドリーなキャラともあいまって、上の覚えがめでたいんです」

「キュートでフレンドリー、じゃなかったか？」

「よく覚えてましたね」

鳥越は笑った。アリオンを左折させ、青信号を直進する。

「まさか長下部さんの口から『キュート』なる単語を聞けるとは。この記憶を肴に、うまい酒が飲めそうだ」

「ぬかせ」

「いやいや、事件が解決したあかつきには、是非飲みに行きましょう。長下部さんが発する『キュート』で、一升は飲める」

「いい加減黙れ」

ぴしゃりと言い、長下部がシートに身を沈める。

だがバックミラーに映るその顔は、ほんのり笑みを浮かべていた。

5

鳥越と長下部は前線本部に戻り、まずは桜木班長に報告を済ませた。

車での移動時間が長かったせいで、時刻はすでに夕方だ。窓から差しこむ西日が、公会堂の畳をまだらなオレンジに染めていた。

ひとくさり報告を終え、鳥越は桜木班長に問うた。

「あれ以後、誘拐犯からコンタクトはありましたか？」

「ない」

班長は短く答えてから、

「だが、楓花ちゃんの靴が見つかった」と付けくわえた。

「靴？　どこからだ」

長下部の目が鈍く光る。

「野辺川（のべがわ）の下流です。学校をサボって河原で遊んでいた高校生カップルが、今日の昼過ぎに発見しました」

　やはり班長は、長下部に対しては敬語であった。

「サボリのくせに、よく警察に届けたな」

「女の子のほうが『〝ふうか〟って書いてある。例の誘拐された子のかもよ。届けよう』と言い張ったようです。二人ともサボリの常習犯のようで、『昨日までは、子どもの靴なんてなかった』と断言しています」

「感心なのかそうでないのか、よくわからんな」

「まったくです。……ともあれ該当の靴を直人さんに見てもらったところ、楓花ちゃんのものだと確認が取れました。その靴を履いてテーマパークで遊ぶ画像も、スマホのフォルダに残っていました」

　靴はややマイナーなメーカーの女児用スニーカーで、色はミントグリーン。サイズは二十センチ。中敷きに『三ツ輪ふうか』の記名があったという。

　水に浸っていた時間が長いためＤＮＡ型や微物の検出は望めないが、一応科捜研に送られたそうだ。

「犯人からのメッセージと見るべきか？」

「『まだ生かしている』『後日連絡する』のメッセージと思いたいですがね……。ですが、いまの時点ではなんとも」

　長下部の問いに、桜木班長はかぶりを振った。

「特捜から情報は？」

長下部がさらに尋ねる。

「三ツ輪さんと因縁の深い塙乙次が、去年仮釈放されたはずだ。続報はないのか」

「やつが小角市内をうろついていた、という情報までは入っています」

桜木班長が低く答えた。

小角市は楓花ちゃんが住んでいる街だ。殺された三ツ輪の家からも、二駅しか離れていない。

「現在の塙は保護観察官の監督のもと、県庁近くの市営団地で独り暮らしです。両親はすでに故人。弟が一人いますが、やつの服役中に面会に行った様子はありません。親戚付き合いも皆無で、まったくの孤独と言っていいですね。ただ保護観察官によれば、ムショでできた仲間とたまに会っているそうです」

「ほう」

長下部が立膝で身を乗りだした。

「どんなやつと会ってるか、そこが知りてえな」

言葉の意味は、鳥越にもわかった。塙乙次は強力犯専門だ。三ツ輪殺しはともかく、営利目的の児童誘拐は彼の手口ではない。

「その点は特捜が捜査中です。とくに塙と同じ房だった知能犯で、すでに出所済みの者をリストアップしています」

「塙が胎岳村の生まれだってことは、もう突きとめたよな？」

「ええ、まあ」

長下部は顎を撫でた。「どう思う」

「一足飛びに結論には飛びつけません。ですが、有力なマル被候補の一人ではありますね」

「ふん。優等生のお答えだな」

住民票の履歴によれば、塙乙次は生まれてから十二歳までを胎岳村で過ごしている。だが両親の離婚によって、小六の冬に県庁所在地へ引っ越した。

自然児だった塙は、都市の空気に馴染めなかった。いじめこそなかったものの、友達ができずに孤立した。中一の秋から不登校になり、あとは非行の道へまっしぐらだったようだ。

「つまり塙は、胎岳村に土地勘がある。やつがいた頃より人口はだいぶ減ったが、各家の位置や駐在所の場所はほぼ変わってねえ。空き家が増えたってだけだ」

「まあ、そうですね。住民の目をかいくぐって、辻家や宝生家に封書を投函するくらいはできたでしょう」

「だがやつは、村民に面が割れている。相棒にやらせたかな？」

「かもしれません。ですが三ツ輪さんを殺し、楓花ちゃんをさらったのが塙となると……」

　桜木班長の声が暗くなった。鳥越があとを引きとる。

「楓花ちゃんの生存率は、ぐっと落ちますね」

「ああ。動機が怨恨なら、生かしておく意味がない」と班長。

「じゃあ塙は、はなから身代金を受けとる気がなかったと？　あの封書は捜査を混乱させるためで、それ以上の意味はなし？」

「いや」長下部が首を振った。

「延成会がらみで、おれは塙のことはよく知っている。三千万もの金を前に、あっさり引くやつじゃあねえ」

　――そうか。塙も延成会とかかわりがあるのか。

　鳥越は内心でつぶやいた。

　とはいえ県内のチンピラや反グレは、大半が延成会となんらかのかたちで繋がっている。さして意外ではない。

「では塙が金を諦めておらず、相棒がそれなりの知能犯で、かつ塙を御せるやつであれば――」

「そうだ。楓花ちゃんはまだ生きている」

　桜木班長が言いきった。

「となれば女の共犯がいる可能性も高いですね。塙のようなやつに、七歳の女の子を扱えるとは思えない。塙に女の影がないなら、相棒の愛人でしょう。……村に、塙の親類は？」

「残っていない。いま村内に、塙姓は一軒もなしだ」

資料によれば、村の二十七戸のうち十五戸が杉田（すぎた）姓だそうだ。國松ミサヲの息子たちは就籍後も國松姓を名のったため、辻姓は一軒のみである。

「塙は辻天馬と同年代だそうですね」

「ああ。天馬が今年六十歳だから、やつは六十一だな」

「なあ桜木」

長下部が割りこんだ。

「このままおとなしく、向こうからの接触を待っていていいのか？　おれを使って、塙に揺さぶりをかけちゃどうだ」

「どういう意味です」

班長が長下部を見やる。長下部は答えた。

「おまえは昨夜、噴水前でおれの面が割れたかどうかあやしいと言った。だがもし犯人（タマ）が塙なら、面割れもくそもねえぜ。やつは、おれのツラを知っている」

「長下部さんが、三十代の頃の顔をね」

桜木班長がひかえめに言った。

「失礼を承知で言いますが、長下部さんはだいぶ人相が変わりましたよ。こう言っちゃあれだが、なんというか――」

「晩年の三ツ輪さんに似てきただろう」

長下部が薄く笑う。

「そこも揺さぶりになるさ。塙が噛んでいるなら、やつは間違いなくこの一帯を見張りつづけている。やつが見ているると承知で、おれが村内をでかいツラで練り歩いたら、恨みに燃えるやつはどう思う？　すくなくとも、なんらかのリアクションを起こしたくなるんじゃねえのか？」

「危険です」

鳥越はあえて言った。長下部の意を汲んでの、型どおりの反駁だ。

だがそのあとの、

「人質がいるんですよ。しかも七歳の子だ。危ない橋は渡れません」

という言葉は半分がた本音だった。人質の生死が確認しきれぬうち、塙を刺激するのはかなりの賭けである。

鳥越は桜木班長の瞳をうかがった。

彼の逡巡が伝わってきた。眉間の皺が、いっそう深い。

長下部が言葉を継ぐ。

「桜木、おれは昨日おまえと話したとき、塙が胎岳村出身だとは知らなかった。だが知ってしまえば、事情は変わる。おれたちは村内でしかできん動きをするべきだ」

桜木班長はしばし迷っていた。

だがやがて、

「……特捜と相談します」

絞りだすように言った。

スマートフォンを持って立ちあがる。引き分け戸を開け、出ていく。特捜本部に詰めている捜査一課長と話すためだろう。

ものの数分で、桜木班長は戻ってきた。

長下部と鳥越の正面に座りなおす。

「――長下部さんが練り歩くのは、まだ待ってください。時期尚早だ。揺さぶりをかける段階じゃないと、課長と意見が一致しました」

次いで鳥越に顔を向ける。

「トリ。しばらくの間、表立って動くのはおまえだ」

「了解です」

鳥越は首肯した。

これで、村での聞き込み捜査が可能になった。警察は大きい組織だけあって、いったん決めたことを覆すのに手順が要る。

班長の声音には、「おまえが長下部さんを抑えろ」のニュアンスがあった。だが無視するつもりだった。ゴンゾウどころか、長下部は使える捜査員だ。

――人質の生死が、早く判明すればいいが。

封書に付着していた唾液の鑑定結果が待ちどおしい。あれが楓花ちゃんのものと判明すれば、生存の確率は高まる。今後の捜査方針をかなり左右する。

鳥越は顔を上げ、窓の外を見やった。

茜空（あかねぞら）の端が、夜闇（よやみ）の紺に呑まれつつある。紺と茜と桃の三層になった空に、鴉のシルエットが群れ飛んでいた。

6

鳥越と長下部は言いつけどおり、徒歩でなくアリオンを使って村に出た。

「辻家か國松家か、どっちを先にします？」

「國松家だな」

長下部が即答する。

『十雪会』の残党はみな、村の北東側に固まって住んでいる。しかし辻家と國松家は、エリアの端と端とに精いっぱい離れて建っていた。その立地ひとつ取っても、間柄の微妙さがうかがえた。

ガードレールのない農道を、アリオンは時速三十キロで慎重に走った。

遠目に見ればそれなりに民家が立ち並んでいる。だがこうして走ってみると、ほとんどが空き家である。庭は荒れほうだいで、雑草が生い茂り、雨戸が割れても修繕されず吹きさらしになっている。

どの家も、昭和の頃に建てられたような家だった。

モダンな現代建築は一軒もない。かといっていま流行りの古民家でもない。木造の平屋に継ぎ足し増築をしたたぐいの、生活感溢れる庶民の家である。

ときおり彼らは村民とすれ違った。ウインドウ越しにじろりと見られる。だが、それだけだ。

無理もなかった。三ツ輪の遺体が見つかってからというもの、村内は捜査車両だらけである。見知らぬ車に慣れざるを得まい。

木製の電柱の陰に、鳥越はアリオンを停(と)めた。

「資料によれば、あそこが國松家です」

ななめ向かいに建つのは、やはり昭和らしい一軒家だった。

モルタル下地とおぼしき外壁は、あちこちが塩化ビニールの波板で囲われている。波板に打たれた釘(くぎ)は、すべて真っ赤に錆(さ)びていた。お世辞にも裕福とは見えないが、敷地面積はなかなかに広い。

「あの一軒家に四人が住んでいるそうです。まずは長男の飛竜と、その妻の陽子(ようこ)。次に次男の綺羅と、妻の朱火(あけび)です」

「一人だけ、耳に落ちつく名前がいるな」

「ご明察。陽子は『十雪会』の二世会員じゃありません。この胎岳村で、飛竜たちと育った幼馴染みです。十代なかばから飛竜と付き合うようになり、そのまま結婚した模様ですね。子どもはいません」

「四人のうち、塙と関係ありそうなやつは？」

「ちょっとお待ちを。えーと、飛竜が五十三歳、綺羅が五十二歳ですからね。塙とはちょっと歳が離れてるか」

　鳥越は資料をめくって、

「あ、でも次男の妻、朱火がいますよ。彼女の長姉が、塙の弟と結婚しているんです。生家も隣同士だったようですね」

「朱火とやらの歳はいくつだ？」

「綺羅と同い年です。子だくさんの九人きょうだいだったそうで、長姉は五十九歳。塙の弟は五十七歳です」

「では塙一家が村を出たとき、長姉は十歳か。充分にもののわかる歳だな」

「こっちはこっちで幼馴染みですね。長姉夫婦は現在、志筑市在住。おそらく特捜が当たってくれるでしょう」

　とうなずいた鳥越に、

「そうか。――まずは一服させろ」

　長下部が言った。内ポケットから、やはりくしゃくしゃのセブンスターを取りだす。ついに煙草の許可を取るまでになってくれた。だいぶ気を許してきたようだ。

「ごゆっくり。おれはその間に、現本の部下と電話してきます」

　鳥越は車を降りた。

　現本は現場本部、つまり三ツ輪直人宅のことだ。数歩ぶん離れたところで、電話アプリを立ちあげる。数コールで繋がる。

「捜一、水町です」

「鳥越だ。そっちはどんな感じだ？」

「ずっと張りつめています。重苦しい空気というか……咳（せき）ひとつでびくっとなるくらいですよ。新米の女警が参っちゃって、一人交替になりました」

　ため息をついて、水町は声を低めた。

「ところで鳥越さん、塙乙次の名前って、前線本部でも出てますか？」

「塙がどうした」

「現本を任されてる特殊班の主任が、ここ数時間ほど〝マルハナ〟の隠語を交えて部下に指示を出してます。稗木田事件の話題も一、二度出てきたので、おそらく塙乙次のことかなと」

「当たりだ。さすが将来、おれの義妹（いもうと）になる女」

「なれたらいいんですけどね」

　鳥越の軽口に、やはり水町はため息で応じた。

　聞こえなかったふりで、鳥越はつづけた。

「前線（ゼンセン）本部でも、マルハナは絶賛人気急上昇だ。身代金受け渡しの失敗から一夜明けて、ようやく三ツ輪さん殺しに焦点が当たってきた。いまのところ、やつが最有力のマル被候補だな」

「ありがとうございます。すっきりしました。こっちは特殊班員に、おいそれと質問できる空気じゃなくって」

「だろうな。おれの声が聞きたくなったらいつでも電話しろ。鼓膜を癒してやる」

「鳥越さん、顔だけじゃなく声もいいですもんね」

水町の声に、はじめて笑いが混じった。

「そこは素直に賞賛します」

「〝そこは〟とはなんだ。おれに取り柄がすくないような言いかたはよせ」

「あはは。彼が、鳥越さんの半分でも話しやすかったら……」

言いかけて、

「すみません、なんでもないです。失礼します」

早口で告げ、水町は通話を切った。

しばし鳥越は、スマートフォンの液晶を眺めていた。

だがやがて諦め、内ポケットにしまった。

水町と伊丹のことに、首を突っ込みすぎてはいけない。自分はしょせん、半分血が繋がっているだけの部外者だ——と言い聞かせる。

ふと視線を上げた。

一メートルほど先の柿（かき）の木に、鴉がとまっていた。

この村の鴉ではない。峠通りで会ったボス鴉だった。鳥越の手から直接ハムを食べた、大柄なハシブトガラスである。

「来てくれたのか」

鳥越はささやいた。

峠通りから胎岳村は二十キロほど離れているが、田舎の鴉ならばゆうゆう行動範囲内だ。

「例の女の子だが、まだ見つかっていない。犯人もだ。……暇がなくて、こっちの鴉たちに挨拶（あいさつ）できずじまいなんだ。すまないが、おれの代わりに仁義を切っといてもらえるか？」

鴉が一声鳴いた。

「悪いな」

鳥越は会釈した。しかし鴉は、まだ飛びたたなかった。もの言いたげな瞳で鳥越を見つめている。

次いで若きボスは、なにかを示すように嘴をぐいと上げた。

嘴の指す方向を、鳥越は見た。

さっきよりさらに暗くなった空に、鴉たちのシルエットが塊になっている。この村の鴉が、ひとつところに群れているらしい。

――例の老女か？

思わず目をすがめたとき、

「誰としゃべってるの？」

背後から、舌足らずな甘い声がした。素早く鳥越は振りかえった。

少女だった。
十四、五歳に見えた。よく日に焼け、すらりと痩せている。少女は長身の鳥越を見上げて目をしばたたいた。
「あなた、お兄さん？　おじさん？」

鳥越は苦笑した。飛び去っていくボス鴉を、視界の端で見送る。

「お兄さんかおじさんかと訊かれれば、おっさんかな」

「いい人？　悪い人？」

「それは、いい悪いの定義による。おれたちはいいことをしているつもりでも、きみたちにしたら、こまかいことをうるさく訊く悪いおっさんかもしれない」

「うるさく訊くの？」

「それが仕事だからね」

ついでに言うと、嫌われるのも仕事のうちかな——。そう言った鳥越に、少女は「変なの」と首をかしげた。

「おれは鳥越というんだ。きみの名前も教えてもらえる？」

「わたし、宝生菫」

「ということは、宝生虹介さんの娘さんだね。素敵な名前だ。時代のほうが追いついた感がある。きょうだいはいるかな？」

「お姉ちゃんがいる」

「そうか。おっさんには、母親の違う弟がいるよ」

「へえ。天馬おじさんと、飛竜おじさんたちみたい」

菫が声を弾ませる。

おじさんたちね、と内心で鳥越はつぶやいた。この少女にとって天馬と國松兄弟は、ひとまとめに「おじさん」らしい。この空気感からして、宝生家と國松家の仲はけっして悪くない。

「そのおじさんたちは、いまおうちにいるかな。もしいるようなら――」

お邪魔したいな、と言いかけた声を、

「おい！」

鋭い声がさえぎった。

長下部だった。下ろしたウインドウから首を突きだし、鳥越を手まねいている。寄せた眉根に苛立ち(いらだ)が濃い。

少女に目で謝り、鳥越は車に駆けもどった。かがんだ途端にジャケットの衿(えり)を掴(つか)まれ、引き寄せられる。

「……たったいま、桜木から無線が入った」

長下部が耳もとでささやく。

「塙の野郎が、死体（ホトケ）になって見つかった。角膜の濁り具合からして、二十四時間以上前に殺されているとよ」

「では、昨夜の九時には……」

「すでに死んでいた。峠通りの噴水前まで、来れるわけがねえ」

唇を歪め、長下部が犬歯を剝きだす。

怒りと焦燥と煩悶（はんもん）が入りまじった、凶悪な面相だ。白目が血走っていた。

つられて顔をしかめそうになり、鳥越はゆっくりと深呼吸した。

第三章

1

＊二十五年前、夏

「引きつづき、捜査副本部長である志筑警察署長より、御訓示をたまわり……」

志筑署刑事課長の平たい声が会議室に響く。

いや、ここはいま正確には会議室ではない。

特別捜査本部である。

その証拠に、刑事課長みずから墨書きした『下志筑郡幼女誘拐殺人事件特別捜査本部』の戒名が、入り口に大きく張りだされている。

会議室には、百人を超える捜査員が集められていた。

L県警刑事部捜査一課、特殊犯捜査第一係、志筑署刑事課、地域課、交通課、交番勤務員と、本来ならば誘拐事件のためにかき集められた人員であった。

そしてこの場にいる全員が、感情の失せた暗い瞳をしていた。

——最悪だ。

彼らの胸の内は、一様に同じであった。

——最悪の結末だ。人質を、むざむざ死なせてしまうとは。

人質の名は、安城寧々ちゃん。満七歳の小学一年生である。

身長百十九センチ、体重二十二キロ。血液型はＲＨプラスＡ型。父親は電子部品製造会社の経理。母親はスーパーのレジ打ちのパート。毎週日曜にささやかなお出かけをするのが楽しみという、ごく平凡な一家であった。

「寝てないのか？　三ツ輪」

横からささやかれ、三ツ輪（みつわ）勝也（かつや）は反射的に首を振った。

「いや、平気です。ちゃんと布団には入りました」

「だが寝つけなかったんだろう？」

皺深（しわぶか）い顔が、鼻でふふんと笑う。

今回の捜査で組んでいる志筑署のベテラン刑事、刈谷（かりや）である。あと四年で定年のはずだが、足にも頭にもまだ衰えはない。

「おれも同じだ。気にするな。あとでうんと濃いコーヒーを奢（おご）ってやる」

「ご馳走（ちそう）になります」

低く三ツ輪は答えた。

「——では、つづいて鑑識課長から、鑑識結果の報告です。課長、お願いします」

司会の刑事課長が、マイクを鑑識課長に手渡す。

鑑識課長が一礼してから、抑えた声で資料を読みあげはじめた。

「えー、では死因から説明します。死因は、尖った鈍器状のものによる頭蓋骨骨折、脳挫傷および硬膜下出血と見られます。凶器は現場周辺からは発見できませんでした。しかし複数の傷が重なっており、頭蓋骨の数箇所が陥没している点から鑑みて、犯人はすくなくとも被害者を六回は殴打したものと……」

三ツ輪は目を閉じた。

できることなら耳もふさぎたい気分だった。

七歳の少女が誘拐され、さんざん怖い思いをした挙句、無残に撲殺された――。その情報だけで十二分だ。それ以上知りたいことなどひとつもない。

――うちの直人と、同い年だった。

七歳の子どもなど、三ツ輪から見れば赤ん坊同然である。ついこの前立ちあがり、歩きはじめた頼りない生き物だ。

――そんな子を頭蓋骨が陥没するまで殴り、ゴミのように打ち捨てた。

許せなかった。

一報を聞かされたとき、寧々ちゃんの両親がいったいどんな思いをしたか、想像しただけで胃が痛んだ。

それでなくとも、両親は世間から叩かれていた。寧々ちゃんがさらわれたとき、彼らがパチスロ店にいたという事実が、世の反感を買ったのだ。

——遊びほうけて、わが子から目を離しやがって。

——ざまを見ろ。自業自得だ。

——子どもを犠牲にしてまでやったパチスロは、楽しかったか？

そんないやがらせ電話や怪文書が、安城家には押し寄せた。良識の仮面をかぶった悪意が、浮塵子のごとく家のまわりに立ちこめた。

実際には、安城夫婦は善良な一市民である。

あの日、彼らは寧々ちゃんをアニメ映画に連れていく予定だった。上映までの二時間あまりを、映画館の近くに建つパチスロ店でつぶしていた。小遣いの範囲でスロットを打つのは、彼ら夫婦のたまの娯楽であった。

——児童を連れてパチスロ店に入るのは、確かに誉められたことではない。

だが、だからといってあんな目に遭ういわれはない。わが子を誘拐され、殺されていいわけがないのだ。

第一、わが子から一秒も目を離さぬ親が、世間にどれだけいるだろう？　子連れながら、立ち話に夢中な母親。はたまた携帯電話で話しこむ父親。逆に、親と繋いだ手を振りはらって車道に駆けだす子ども。

どこでも見る光景だ。なにひとつ珍しくない。

結局は、運不運でしかないのだ。

——そして安城家はあの日、最悪に不運だった。

防犯カメラ映像に映った〝中肉中背の男〟の素性はいまだ不明だ。

その後かかってきた身代金要求の電話からも、有力な手がかりは得られなかった。

小癪（こしゃく）なことに犯人は、安城家に直接でなく、寧々ちゃんの叔父——つまり安城父の弟宅に電話をかけてきた。

警察は逆探知要請書を、安城家のぶんしか提出していなかった。また寧々ちゃんの叔父も、メモを取るだけで精いっぱいだった。録音などする余裕はなかった。

メモの内容はこうである。

——寧々ちゃんはうちにいる。証拠は、いちごとハートのソックス。右足に穴。一千万円用意しろ。あとでまた電話する。

この〝いちごとハートのソックス〟は、誘拐された日に寧々ちゃんが履いていたものと一致する。マスコミには未公開の情報だ。

母親はメモを見て泣き崩れた。

「靴下の片っぽに穴があいてるとは、気づいてたんです。縫ってあげよう、あげようと思っていたのに、つい忘れて……」

叔父の証言によれば、電話の声は男とも女ともわからぬささやき声だった。ただ「いちご」の発音に、県民特有の訛（なま）りがあったという。

特捜本部では、

――靴下を〝ソックス〟と言うのは、どちらかというと女性ではないか？
――七歳の女児の対応は、男の手には余る。女性の共犯がいる可能性は充分だ。

などの意見が出された。

ただしそれ以上の筋読みは、遅々として進まなかった。

叔父の番号は電話帳に載っており、しかも市内に安城姓は二軒きりだった。要するに、誰でもかけられた。

特捜本部は、安城家の両親と過去にかかわりがあった者、小児性愛者、パチスロ店の半径十キロ圏内に住む性犯罪者、前科持ちなどをリストアップした。並行して、あらゆる線を追った。

だが決め手がないまま一週間が過ぎ、そして――。

――今朝早くに、寧々ちゃんの遺体が見つかった。

ぎりっと三ツ輪は奥歯を嚙みしめた。

下志筑郡の中でも北西に位置する胎岳村の山道で、寧々ちゃんは発見された。

遺体は雨ざらしだった。すでに腐乱がはじまっていた。おまけに体の柔らかい部分を、鼬か貂だろうか、山の動物にひどく食い荒らされていた。

死後およそ二日と見られた。運悪く県内は一昨日からどしゃ降りで、遺体は雨で洗い流された。微物や体液などの採取は望めなかった。

――死後二日ならば、身代金要求の電話の時点で寧々ちゃんは生きていた。

三ツ輪は目を閉じたまま考えた。

——しかし犯人はその後、受け渡し場所などの具体的な要求をすることなく、寧々ちゃんを殺害した。

ということは、この五日間になにかがあったのだ。

仲間割れか？　営利誘拐の成功率の低さに気づいたか？　それとも単に、人質をもてあましたのか？

わからなかった。

おそらくは、犯人を逮捕する日まで解けぬ謎であった。

「では再編成した敷鑑班、地取り班、証拠品班、庶務班等の人員を発表します。呼ばれた者、順に前へ……」

気が付けば、捜査会議は終わっていた。

三ツ輪はのっそりと立ちあがった。

急いで向かう必要はない。どのみち事前に上司から、「おまえは引きつづき刈谷さんと組め。胎岳村で聞き込みにまわれ」と命じられていた。

——胎岳村、か。

去年までは、なんのゆかりもない村だった。だがいまや因縁すら感じる。

『小角男性市議墜落死事件』の捜査で浮かんだ、『十雪会』なる団体の本拠地がある村だ。

そして『賀土老夫婦強殺事件』の容疑者、塙乙次が生まれた村でもあった。

「よう、またコンビだな」

刈谷が肩を叩いてくる。

「もうちょい老体に付き合ってくれよ」

「こちらこそよろしくお願いします」三ツ輪は笑みを返した。「……ところでさっきの奢りの約束、忘れてませんよね？」

2

辻母子が住む家は、錆びたトタンで覆われた木造家屋である。

かろうじて屋根は瓦だが、入り口は捩子締錠だけの簡素な引き戸だ。外壁のあちこちに伸びた剝き出しのパイプは、やはり錆だらけだった。

――『十雪会』の会員たちはなぜ、わざわざこんな生活に甘んじたのか。

三ツ輪には理解できぬ世界だった。

自然と生きるのは、確かにいいことだ。無農薬も反戦も大いによろしい。虫や獣の殺傷を最小限にできるならば、それもなによりである。

だが一足飛びに「現代の物質主義は誤りだ。文明を否定せよ」などと言われると、途端に付いていけなくなる。なぜそう極端なのだ、と首をかしげてしまう。

現代と昔、それぞれに美点があり欠点がある。残すべき事柄と改善すべき点がある。すべてを踏まえた上での〝いいとこ取り〟がなぜできないのか。

――第一、辻十雪はとっくに死んじまったってのに。

こみあげる疑念をこらえ、三ツ輪は辻家の引き戸を叩いた。

「辻さん、L県警です。辻さん！」

胎岳村内の〝十雪集落〟に、チャイムやインターフォンは存在しない。電話もない。だから呼ぶときはこうして、玄関戸を拳で叩かねばならない。

たっぷり一分ほど待つ。

引き戸が軋みながら開いた。

隙間から覗いたのは、『賀土老夫婦強殺事件』の捜査でも見た辻天馬の顔であった。三ツ輪を見るなり、あからさまに眉根を寄せる。

「待ってください。今日は、塙乙次のことを訊きにきたんじゃありません」

三ツ輪は先んじて天馬を封じた。

「安城寧々ちゃんの件について、お訊きしたく参りました」

天馬の眉根がわずかに緩んだ。その隙を突いて、言葉を重ねる。

「みち子さんはご在宅でしょうか？」

「おりますが……」

天馬の表情も口調も、てきめんにトーンダウンしていた。少女の無残な死が、警察への反感を一時的に打ち消していた。

「きつい尋問は、よしてやってください。……母はこのところ、あまり具合がよくないんです」

「大丈夫です。必要なことさえ聞ければそれでいいんですから」

請けあったのは刈谷だった。

三ツ輪は補足するように言った。

「『賀土事件』の捜査も、もちろん続行中ですよ。ですが県警は、いろいろな事件を同時に抱えますのでね。わたしはいま、こちらの捜査を手伝いに来ているんです」

嘘（うそ）ではなかった。

『賀土老夫婦強殺事件』の捜査本部は解散していない。

ただ捜査一課から投入された二班のうち一班――三ツ輪がいる強行犯係第四班は、ほぼ『賀土事件』からはずされていた。

あまりにも捜査に進展がないため、「進まない捜査に、これ以上人員は割けん」と県警本部の刑事部長が言いわたしたのだ。

その裏には、『賀土事件』の主任官と刑事部長の軋轢（あつれき）うんぬんもあるらしい。だがそこは、三ツ輪にはどうでもよかった。第一いまの刑事部長とうまくやれる幹部など、L県警本部には存在しない。

天馬がいかにも渋しぶといった様子で身を引き、

「母さん。警察の人がお見えだよ」

と家中を振りかえった。

ちいさく応える声がした。廊下の向こうから足音が近づいてくる。

天馬に替わって戸口の隙間に覗いたのは、萎んだような黄みがかった顔だった。辻みち子である。

「お邪魔しております。L県警捜査一課と、志筑署の者です」

三ツ輪が頭を下げる。

みち子は「ああ」とも「はあ」ともつかぬ声を発し、

「……ご苦労さまでございます」

かぼそく言って頭を下げた。

五十代なかばのはずだが、それにしては老けている。まったく手入れの様子がない肌や髪のせいだろうか。背をまるめて無表情にぼそぼそ話すさまは、七十代と言っても通りそうだ。

――全盛期は、指導者の妻として采配を振るったと聞くが。

あるじを失ったいまは、その面影すらない。抜けがら同然に見えた。

「みち子さんが、遺体の第一発見者だそうですね。一一〇番通報もしてくださったとか」

三ツ輪の言葉に、みち子はまたも「はあ」と生気のない声を返した。

「ほんとうは、わたしが第一発見者じゃないんですよ」

「ほう?」

「見つけたのは、冨美（ふみ）さんです。宝生さん家（ち）の冨美さん」

無言でうなずき、三ツ輪はつづきを待った。

その場に宝生冨美もいたことは、捜査資料で把握済みだ。十雪集落の女性二人が胎岳山に入り、二合目あたりで変わり果てた寧々ちゃんを発見――と、報告書に記述があった。

「朝方、冨美さんに玄関さきで『来てくれ、来てくれ』と言われて出ていったんです。『大変なものを見つけた。どうしよう。どうしていいかわからない』と大騒ぎでね。冨美さんがあんまり要領を得ないもんですから、しかたなく、案内されるままに付いていったら……」

みち子はため息をついた。

「惨（むご）いことです。……警察に電話しなきゃと思いましたが、あんなことになっている子を、ただ置いていくのも気が引けましてね。冨美さんにその場に残ってもらい、わたしが村長の家まで走ったんです。それで電話をお借りして、警察にかけました。だからわたしは通報者であって、第一発見者じゃあないんです」

「なるほど」

三ツ輪は首肯した。

声音に生気こそないものの、みち子の語り口はよどみなかった。動転した宝生冨美が頼った理由がよくわかる。抜けがら同然などと決めつけたのは尚早か、とひそかに反省した。

「冨美さんは、どうして朝方に山に入られたんです？」

「蕗を採りに入ったようですよ。あの人は毎年、上手に伽羅蕗を煮つけますもの」

「蕗を持ってらした？」

「いえ、でも籠を背負ってました。採る前に、あの子を見つけたんでしょう」

「あやしい人影や、物音を見聞きしたと言ってましたか？」

「いえ、とくには」

「あなたはどうです？　現場付近で人影などを見ませんでしたか」

「誰もいませんでしたよ。あの朝は霧が出てましたからね。もしいたら、見えなくても音でわかったはずです」

「ですね」

三ツ輪は納得した。

霧が出ると視界は悪くなるが、音が聞こえやすくなる。湿気が空気震動を速めるためだ。やはり、みち子は馬鹿ではない。

「ほかになにか、気づいたことはないですか」

「さあねえ。わたしも泡を食っていましたし、あんな惨い遺体、よくよく見たわけじゃありませんから」

「なんでもいいんです。なにかひとつでもありませんか？」

三ツ輪は食い下がった。

「一見どんなつまらないことに思えても、解決の手がかりになることは充分あり得ます。

たった七歳の、罪もない子どもが殺されたんですよ。寧々ちゃんの親御さんのためにも、どうか……」

その刹那、悲鳴が湧いた。

魂消るような悲鳴だった。思わず三ツ輪は声を呑んだ。

声の主は、目の前のみち子であった。その瞳は三ツ輪と刈谷を通り越し、彼らの背後を見ていた。

慌てて三ツ輪は、体ごと振りかえった。

だが、そこには誰もいなかった。乾いた風が吹き過ぎ、庭の木立ちを揺らしているだけだ。かろうじて、田んぼの向こうを走っていく黒のセダンが見えたのみである。

顔を戻すと、みち子はすでに息子に支えられていた。崩れるように、その場にしゃがみこむ。顔が真っ青だ。唇は血の気が失せ、音を立てんばかりに震えていた。

「なにを見たんです！」

三ツ輪は引き戸に手をかけ、叫んだ。

「いま、なにを見て悲鳴を上げたんです、みち子さん！」

「もういいでしょう」

天馬が立ちはだかった。

「あの子を見つけてから、半日と経ってないんですよ。わたしたちは死体なんか見慣れていないんです。母がショックを受けているのが、わかりませんか？」

――ショックだと？

三ツ輪は鼻白んだ。

――どこがだ？　ついさっきまで、冷静そのものだったじゃないか。

「だいたい、そうやって大声で威嚇（いかく）する時点でおかしいですよ。こっちは善意の協力者なんです。もういい加減に、母を休ませてやってください」

天馬が早口でまくしたてる。

反論したいのはやまやまだった。しかし三ツ輪は刈谷と目を見交わし、

「わかりました」

と、引き戸から一歩離れた。

三和土（たたき）にしゃがんだみち子は、失神寸前に見えた。全身が小刻みにわなないている。いま問いつめても、答えられるとは思えなかった。

「また日を改めるとしましょう。……失礼しました」

頭を下げたが、天馬は三ツ輪たちを見もしなかった。

ぴしゃりと引き戸が閉まった。

辻家を離れ、三ツ輪は刈谷を見やった。

「……どう思いますか？」

「臭（にお）うが、どうとも言えんな」

刈谷が首を横に振る。

「なにか知っていそうだが、追及できる材料はない。ひとまず泳がすさ。あの息子は単純そうだ。やましいとこがありゃ、じきにボロを出す」

「ですかね。しかし、さっきの悲鳴はなんでしょう。われわれの背後を通り過ぎたセダンのせいでしょうか？」

「もしくはみち子がなにか思いだしたか、気づいたか――かな」

肩を並べ、二人は歩きだした。

宝生家は辻家の二軒隣だ。しかし都会の〝ご近所さん〟とはわけが違う。十雪集落の住民はそれぞれに畑を持っているため、家と家との距離が遠い。隣家にたどり着くまでに、数十メートル歩かねばならない。

「三ツ輪は『賀土事件』のときもあの家を訪れたんだよな？　そのときの天馬の印象は、どうだった？」

「孝行息子で、好青年だと思いましたよ。向こうはこっちがお嫌いのようですがね。あやしげな団体の二世会員にしちゃ――、うん？」

三ツ輪は足を止めた。

「どうした」

「見えますか？　あの農機具小屋の陰」

怪訝(けげん)そうな刈谷に、三ツ輪はささやいた。

青々と広がる田んぼの向こうに、木造の農機具小屋がぽつんと建っている。その陰で、二十代とおぼしき男女がいちゃついていた。身を寄せて額をくっつけあい、真っ昼間からお楽しみの様子だ。

「あの二人がどうした」

「男のほうは、國松家の綺羅です。女は同じく二世会員の朱火」

「だから、それがなんだ。あの程度のいちゃつきじゃ公猥(こうわい)にはならんぞ」

「現逮する気はないですよ。そうじゃなく……数箇月前に来たときは、あの女、天馬の彼女だったんです」

「ほう」刈谷の目が光った。

「國松ってのは、辻十雪の愛人の姓だったな?」

「ええ」

「そうかそうか。天馬は國松家に親父(おやじ)を盗(と)られたばかりか、自分の彼女まで盗られたってわけだ。ふぅん、そりゃあ皮肉な話だ」

刈谷は歌うように言い、たわわに実った茄子(なす)畑を通り過ぎた。

3

宝生冨美は、みち子とは対照的な女性だった。

年齢は五歳ほど下だろうか。終始おどおどと目を泳がせ、揉み絞るように手を動かしている。激しいショックと不安が、全身から漂っていた。

「ええ、はい。あの子を見つけたのは今朝です。蕗を採りに行こうと、山を十分ほど登ったところで……」

「すぐに死体だと気づきましたか?」と三ツ輪。

「いいえ、霧も出ていましたし、最初はビニールか、布の切れっぱしが落ちてると思ったんです。山菜の時季になりますと、よそから来た人がしょっちゅうゴミやらなんやら落としていきますから……」

だが近づいてみると、それはビニールでも布でもなかった。

次に冨美は「人形だろう」と思った。

しかし人形でもなかった。人間の、それも子どもの、無残な遺体であった。

それを悟るや、冨美は脱兎のごとく山を駆けおりた。

「止まったら、その場で腰を抜かしてしまう気がして、止まれませんでした……。頭の中は『みち子さんとこに行こう、みち子さんに知らせよう』という思いでいっぱいでした。ほかのことなんて、考えられませんでした」

「なぜ、みち子さんだったんです?」

「だってみち子さんは、十雪先生の奥さんですもの。先生がお留守なときは、みち子さんがリーダー代理を務めるのが決まりでした」

この宝生冨美は、胎岳山で独り暮らし中である。一昨年亡くなった夫の吾郎は『十雪会』の熱心な会員であり、同時に顧問弁護士でもあった。生前はこの自宅から、県庁所在地に建つ事務所まで通っていたという。

「子どもの死体なんて恐ろしいもの、わたし一人じゃどうにもできません。そしたらみち子さんに頼るしかないじゃないですか」

その後の流れは、みち子も語ったとおりである。

二人は寧々ちゃんの遺棄現場へとって返した。そうして遺体を確認するや、みち子が村長の家まで電話を借りに走った。

「あなたは、遺体のそばに残ったんですね?」

「はい。みち子さんが『この子がかわいそうじゃないか。一人にしてやるな』というものですから……」

冨美はぐすっと洟を啜りあげた。

「どこの誰だか知りませんが、ひどいことをするもんです。まだ年端もいかないお嬢ちゃんですよ。それを殺めるだけでなく、あんなぼろきれみたいにして……。気の毒に。目鼻もわからないくらいでしたよ」

冨美の語尾が、涙で濁った。

「でも、みち子さんがいてくれてよかったです。ほんとうによかった。主人はもうおりませんし、息子も住まいは街ですから、わたしだけじゃどうにも……」

「息子さんにはご連絡されました？」と刈谷。

「わたしからは、してません。でも誰かから報せがいったようで、村長伝てに電話をくれました。わたしのことなんて、気にしなくていいのに」

「そうもいかないでしょう」

三ツ輪は苦笑した。

彼女の一人息子である虹介は、『十雪会』の二世会員には珍しい〝戸籍持ち〟である。病院で生まれ落ち、出生届もスムーズに提出された。会の教えどおりに未就学ながらも、父親の秘書をつとめあげた。父亡きあとも弁護士事務所の二階に、妻子と住みつづけているらしい。

「もし虹介さんのお住まいにしばらく行かれるようなら、ご一報願えますか。また後日、訊きたいことが出てくるかもしれません」

と名刺を差しだす三ツ輪に、

「いいえ」

冨美は大きく首を振った。

「わたしはどこにも行きませんよ。一人のほうが気楽ですもの。この歳になると、住み慣れた家が一番です。……そりゃあ怖くないと言えば、嘘になりますよ。ですが、ここにはみち子さんも天馬さんもおりますしね」

一転して、きっぱりした口調だった。

息子の妻と折り合いがよくないのかな、と三ツ輪はつい勘ぐった。

「失礼ですが、虹介さんはいまなんのお仕事を？」

「夫の同期に、債務整理や相続関係にお強い先生がいましてね。そちらの事務所で働かせてもらってます。息子は村に戻りたいと言いますが、十雪先生のいない村に戻ったってねえ。嫁も反対していますし……」

冨美の目じりがかすかに引き攣った。

「いえ、もちろん嫁が正しいですよ。若い人が戻ったところで、村には仕事もありゃしませんもの。わたしは一人でいっこうにかまいません。ええ、そうですとも……」

己に言い聞かすような口調だった。

「あそこに停まったカローラは、宝生家の車ですか？」

刈谷が尋ねた。

「ええ」

「では、向こうの黒のシビックは？」

刈谷が指さす先を「え？」と目で追ってから、冨美はうなずいた。

「ああ、あの車ですね。陽子さんのです」

「陽子さんというと、ええと、國松飛竜さんの奥さんですね？」

「そうです。陽子さんは〝地付きのお生まれ〟ですから」

地付きとは、この胎岳村にもとから住んでいる村民のことだ。

『十雪会』の教えとかかわりのない彼らは、当然戸籍を持っている。運転免許証やパスポートも取れる。余談だが、十雪集落で車を所有できるのは、昔は宝生父子と辻のみだったらしい。

——辻亡きいまは、國松長男の嫁がその座に着いたのか。

三ツ輪はひとりごち、横目でシビックをうかがった。

——黒のホンダ・シビック。おそらく五代目EG型。4ドアセダン。

さきほどの、魂消るような悲鳴を上げた辻みち子を思った。そして、ほぼ同時に彼らの背後を走り去った黒のセダンを思った。

——同じ車とも、違うとも言いきれん。

——まだ確証がない。

三ツ輪は、無言で刈谷と顔を見合わせた。

4

國松ミサヲは、自宅の縁側に横座りになっていた。

男ものの作務衣(さむえ)をだぼっと着て、髪をゆるく結いあげている。汗で後れ毛の張りついたうなじが、やけに生白い。

——どうもこの女は苦手だ。

三ツ輪は思わず眉根を寄せた。

今年で三ツ輪は三十八歳になる。一方のミサヲは五十代なかばだ。親子ほど歳の違う相手である。だが、苦手だ。

「あら刑事さん。すみませんねえ、こんな格好で」

片手の団扇を置き、ミサヲは微笑んだ。

お世辞にも美人ではない。彫刻刀で刻んだような細い目に、低い鼻。下ぶくれのお多福顔で、おまけに中年肥りである。袖から突き出た腕も、裾から覗くふくらはぎも、鈍重にぼってり太い。

――それなのに、五十を過ぎても〝女〟のままだ。

だらしない色気、という言葉がぴったりくる女であった。清潔感とも品格とも無縁だが、際立って色が白く、脂ののった肌には皺ひとつない。

「今朝がた、村で女の子の遺体が見つかったことはご存じですか？」

「もちろん。次男から聞きましたよ」

ミサヲはちょっといやな顔をした。

「冨美さんが山で見つけたんでしょ？　しばらく前に誘拐された子が、殺されて山に捨てられてたとかなんとか」

そうです、と三ツ輪は首肯して、脇に停まったセダンを指した。

「あのシビックはどなたの車です？」

「え？　あの車は陽子ちゃんのですよ。見たことありませんでした？」

「はじめて見ましたね。いつ買ったんですか」

「さあ、いつでしたっけねえ。わたしは車に興味がなくって。そういうのは、陽子ちゃん本人に訊いてくださいな」

陽子は、ミサヲの長男である飛竜の内縁の妻である。

飛竜が無戸籍なため、正式な婚姻届を出せないのだ。役所のほうは就籍を再三勧めているが、いまだ國松家からいい返事をもらえていない。

「陽子さんは、いまどちらに？」

「ついさっき飛竜と出かけましたよ。そのうち戻ってくるでしょ」

「ではそれまで、ミサヲさんとお話しさせてください」

「あら」

ミサヲが探るように目を細めた。

「もしかして刑事さんたち、今朝の事件も乙次ちゃんの仕業と思ってます？」

「さてね。なぜそう思われるんです？」

「刑事さんが考えそうなことですもの。でも、わたしは違うと思うなあ。乙次ちゃんは誘拐なんてまどろっこしい真似(まね)できません。お金持ちを見つけたら、すぐさま本人を匕首(あいくち)でブスッでしょう。女好きではあるけど、幼女趣味でもないしね。下は十六、七歳が限度でしょうよ」

「ほう。ずいぶん彼にお詳しいようだ」

　刈谷が口を挟む。

　ミサヲは唇を吊りあげた。

「そりゃ、子どもの頃から知ってますもの」

「あなたがたが村に移住してきたのは、一九六六年でしたっけ。ということは、当時の塙はまだ二歳か。でも村のもともとの住民たちとは、長いこと馴染めなかったと聞いていますよ？」

「そんなの、人によりけりですよお。子ども同士は、親が禁止しようが遊んでましたしね。とくに天馬さんは、昔は乙次ちゃんと仲良しだったんですよ？」

　ふふ、とミサヲが含み笑う。

「昔は、ね」

　三ツ輪はうなずいて、

「だが村から越したあと、塙が天馬さんを訪ねた形跡はありません。逆に成人後の塙が、この村であなたと会っていた目撃証言は複数ある。……これくらい認めてくださいよ。やっと、親しいんですよね？」

「親しいというか、なついてくれてたんです」

　ミサヲは団扇を取り、己の顔を扇いだ。

「『國松のおばちゃん、おばちゃん』って呼んでね。しょっちゅう遊びに来てくれたもんですよ。ふふ、うちの美枝はいやがりましたけどねえ。『乙次くん、乱暴だから嫌い！』なんて言って」

摑みどころのない女であった。なにを訊いても、のらりくらりと逃げる。

――こっちにろくな物証がないと、承知していやがる。

「あ、陽子ちゃんだ」

扇ぐ手を止め、ミサヲが団扇の先で向こうを指す。

三ツ輪は振りかえった。確かに飛竜と陽子が歩いてくるところだ。肩を寄せあい、いかにも仲睦まじそうである。

「陽子ちゃーん。刑事さんたちが、訊きてぇことあるってよお」

ミサヲが首だけ伸ばして声をかけた。

途端に、飛竜が表情を一変させた。陽子に向けていた甘い目つきはどこへやら、三白眼でぎりっと三ツ輪たちを睨みつけてくる。

「陽子さん。あちらのシビックは、あなたの車ですか？」

眼を飛ばす飛竜を無視し、刈谷が問うた。

「はい。それがなにか？」

陽子が警戒もあらわに答える。

「いえね。すこしばかり教えてもらいたくて。買われたのはいつです？　新車ではないようですが」

「中古車です。国道×号線にある、『神田オート販売』さんで四月に買いました。まだ一万キロも走ってなくて、お買い得って言われたから」

陽子は目立って小柄な女だった。

その横で仁王立ちの飛竜はといえば、母親そっくりのお多福顔である。下ぶくれで、目が細い。だが肌だけは似ず、頬も額も水疱瘡の痕ででこぼこだった。

「近ごろ見慣れない人影や、あやしい物音を見聞きしたことは?」

「あらぁ。そんなのしょっちゅうですよ」

脇からミサヲが割りこんだ。

「山に粗大ゴミだの、壊れた家電だのを不法投棄していく人がいるんです。夜中に車で来て、どさどさーっとね。ほんっといやになっちゃう。街のゴミを田舎に押しつけていくんだから」

ふんと鼻から息を洩らす。

「近代文明ってのは、やたらとゴミを出すんです。わたしらみたいに自然に寄り添って暮らせば、よそに捨てなきゃいけないほどのゴミは出しゃしないのにねえ。ゴミって文明の糞みたいなものですよ。そう思いません?」

「かもしれませんな」

ミサヲの言葉を刈谷はいなして、

「ところで最近、塙乙次を見てませんか?」

と飛竜へ顔を向けた。

「……山に子どもが捨てられとったてぇ、例の件で来たんだろ？」

唸(うな)るように飛竜が言う。

「あんなもん乙次がやったに決まっとる。聞いた瞬間にわかったわ」

「まだそうとは決まってませんよ」

「ふん、いちいち訊きに来んでも、見かけたら密告(チク)っとるわ。こっちにゃ乙次の野郎をかばう義理はねえ」

塙より、飛竜は八歳下のはずだ。しかし呼び捨てである。

警察は嫌いだが、塙乙次はもっと嫌いだ——と、その表情がはっきり語っていた。演技にはとうてい見えない。

「飛竜さんは塙がやったとお考えなんですね。ミサヲさんのほうは、違った意見のようですが」

「はあ？　こんな狭(せめ)ぇ村に、人殺しが何人もいるかよ。おふくろの言うことを真に受けんでねえ」

飛竜は声を荒らげた。

「なんでもいいから、乙次をちゃっちゃと捕まえれや。あいつ一人野放しにしとるだけで、何人殺されて、何人乱暴されっかわかったもんでねえ。見かけたら秒で教えてやるすけ、おまわりどもはちゃんと仕事せえよ！」

5

「早く乙次を捕まえろ」「さっさとやれ」しか言わなくなった飛竜と別れ、三ツ輪たちは、次いで弟の綺羅を呼びとめた。

綺羅は年季の入った麦わら帽子をかぶり、首には手ぬぐいを巻いて、黒のゴム長靴を履いていた。腰にはこれまた年代物の鎌を提げている。

「綺羅さん。ちょっとお時間いいですか。お話をうかがいたいんです」

三ツ輪が切りだすと、

「歩きながらでいいですか？　畑に行くとこなんで」

と綺羅は鷹揚に応じた。

兄に似ず気弱なこの次男坊は、なかなかの美男子である。だが残念ながら兄より痘痕がひどい。顔じゅうがでこぼこのクレーターだらけだ。

――『十雪会』の教えのせいだな。

三ツ輪はひそかに唇を曲げた。

現代日本において、こんな痘痕だらけの若者はそういない。『十雪会』の教えのせいで、彼ら二世会員の九割は、疱瘡や日本脳炎のワクチンを接種できずに育った。

――あらゆる意味で、彼らは会の犠牲者だ。

飛竜の無礼な態度に腹が立たないのも、結局はその同情ゆえであった。

「今朝がた見つかった遺体についてです。ミサヲさんが『話は次男から聞いた』とお答えでしたので」

「ああ、はい。村長さんから聞いたことを、おれが母に伝えたんです」

綺羅がうなずく。

「みち子さんと富美さんが死体を見つけて、村長ん家から通報したらしいですね。かわいそうに、鼬にずたぼろに食われとったとか。……ここいらの鼬は、タチが悪(わ)りいんですよ。うちの畑もしょっちゅう荒らされますもん。鶏を飼っとる家なんか、何度小屋を襲われたかわかりゃしねえ」

「ほう。やつら、人里の家畜を狙(ねら)いますか」

「狙いますさあ。ひどいときは、生まれたばっかりの子猫まで襲いよる。たいていは野鼠や、野鳥なんかを食っていますがね」

綺羅は肩をすくめた。

「難しいんですよ。こっちにとっちゃ、鼠(ねずみ)や野鳥だって害獣でしょう。でもやつらを駆除しすぎると、今度は飢えた鼬が家畜や畑を狙う……。だからうまーくバランスを取らなきゃならんのですが、なかなか兼ね合いがねえ」

嘆息したとき、ちょうど國松家の畑に着いた。

広さは約二反ほどか。まさに害獣対策のためだろう、有刺鉄線の柵(さく)でぐるりと囲ってある。柵はさらにネットで覆われ、仕掛けが見えぬようにしてあった。

「もういいですかね？」

綺羅が親指で出入り戸をさす。

「すみませんが、もうすこし」と三ツ輪は引きとめた。

まずは、冨美やミサヲたちにもしたように「あやしい人を見ませんでしたか？」「物音は？」などの質問を繰りかえす。

頃合いを見て、「そういえば」と三ツ輪は切りこんだ。

「さっき、朱火さんとあなたが一緒にいるところを見ましたよ」

綺羅の頰が、さっと目に見えて赤らんだ。

「……それは、なんというか……。お恥ずかしい」

もじもじと目を伏せる。真実、恥じているように見えた。

「天馬さんと朱火さんは、お別れしたんですか？」

「はい。だども、なんで別れたかは聞いてません。下手に突っこんで、藪蛇（やぶへび）になりたくないもんで」

「ですよね。よりによって相手が天馬さんじゃねえ。『本妻の息子に盾突いた』なんて言う輩（やから）もいそうですし？」

わざと意地悪く言う。

綺羅の顔がさらに赤くなった。

「盾突くなんて、そんなんじゃないです。まあそこは、男と女のことですから」

「ですが、辻家と國松家の仲はさらにこじれるんじゃ？」

「いやあ、うーん……。そんなこともねえと思いますよ。天馬さんは、うちの兄と違って大人ですもん」

歯切れ悪く綺羅は答えて、

「第一、天馬さんと朱火じゃね。はなから釣り合ってませんて」と言った。

「それはどういう意味です？　朱火さんに天馬さんはもったいない、の意味？　それとも逆の意味かな？」

「天馬さんはもったいない、のほうです。朱火とおれなら、まあ似たもん同士で釣り合っとる。天馬さんは、もっと上等な女と付き合やいいんです」

「ふむ。まあ天馬さんは、顔も男前ですしね」

「この村の生まれでさえなけりゃ、もっとモテたでしょ。……本人は、『もう女はいい。結婚する気もないしな』と言うとりますが」

「そんなにこっぴどく、朱火さんに振られたんですか」

「いやあ。というか、みち子さんの具合がようないんでね。あの人は孝行息子ですもん。みち子さんの世話がまず最優先でしょ」

「それで朱火さんの優先度合いが下がって、お別れ？」

「かもしれません」

綺羅の背後で、ネットが風に揺れた。

「まあ朱火もね、気の毒っちゃ気の毒ですよ。相手を選ぼうにも、選択肢がそもそも乏しい。ここらであいつの相手になりそうな男は、天馬さんかうちの兄弟しかいねえんだもの」

「同年代の男性がすくないですからね」

三ツ輪は同意した。

『十雪会』の二世会員たちは必要な各ワクチンを打たれず、肺炎や胃腸炎になっても医者にかかれなかった。当然ながら死亡率は高かった。

資料では、赤ん坊の約十人に一人が生後一年以内に死亡したという。昭和初期並みの死亡率である。戸籍がないため死亡届も出せず、本来は火葬もできないが、さすがに村民が気の毒がって焼き場を使わせてやったそうだ。

「わたしも子持ちになって、はじめて知りましたよ。男児の方が代謝が活発だったり、肺機能の成熟が遅れがちだったりで、どうしても女児より弱いんだそうですね。もちろん医学の進歩のおかげで、新生児の死亡率はだいぶ下がりましたが……」

三ツ輪は声を落とした。

綺羅が苦笑する。

「十雪先生はそこを、根性論で乗りこえようとしましたから。『体の強い子にするには、まず精神から鍛えるべし』『甘やかし禁止、抱っこ禁止、添い寝禁止』『とくに男児は、幼い頃から戦士でないと』なんて言ってね。男女差別もひどかったし……。ああいや、すみません。これはどうか、ここだけの話ってことで」

慌てて綺羅が手を振る。三ツ輪は微笑んだ。

「大丈夫ですよ。口外しません」

「ありがとうございます。……先生への批判は、村じゃいまだに重罪ですんで」

胸を撫(な)でおろした綺羅に、今度は刈谷が問うた。

「朱火さんのお相手候補に、塙乙次は入ってなかったんですか？」

「乙次さん？　いやあ、それはないです。さすがに乙次さんは選びません。朱火はそれほど馬鹿じゃねえ」

「ということは、朱火さんの姉は馬鹿ですかな？」

刈谷が薄く笑う。朱火の長姉と、塙兄弟との仲はすでに調べ済みだ。

綺羅はこめかみを掻(か)いた。

「馬鹿とまで言うつもりはねえども……。まあ、そうですね。せっかく村を出たんに、なんでまた村のもんとかかわるかね、とは思います。気が知れねえな」

その答えに、刈谷は笑みを大きくした。

「飛竜さんと違って、あなたは村がお好きじゃないようだ」

「誤解せんでください。好きではありますよ、故郷ですからね。……ただ、手ばなしで大好きとは言えねえだけです」

「もうすこし訊いていいですか。飛竜さんの奥さんは、あなたから見てどんな人です？」

「どんなってねえ。陽ちゃんは、普通の人ですよ」

綺羅は目をしばたたいた。

「地付きの人だども、昔っから兄貴のあとを追っかけてました。ああいう人には、兄貴みたいなタイプが〝頼りがいある、男らしい人〟に見えるんでないかな」

「つまり自我が薄いタイプですか。宝生冨美さんのような？」

「冨美さんは知りませんが、陽ちゃんが我の強い人でねえのは確かです」

「では飛竜さんが頼めば、人殺しの手伝いもしますかね？」

「さあ。言葉の意味がわかりません」

「失礼。では朱火さんはどうです？　さっきあなたは『それほど馬鹿じゃねえ』とおっしゃった。もうちょっと詳しく教えてもらえますか」

「そう言われてもなあ。うーん、何度も言いますが、馬鹿じゃねえです。学はねえども、機転が利くとか、察しがいいって言うのかな。だども賢いかって訊かれたら、よくわからねえ」

「天馬さんと朱火さんは、ちょっと歳が離れてましたよね？」

「あいつはおれと同い年だから、天馬さんと八つ違いかな。けどまあ、不自然ってほどではねえでしょ」

「ほかに、同じ歳ごろの二世会員はいないんですか？」

三ツ輪が尋ねると、

「ええと……ああ、虹介さんがいますよ」

綺羅は答えた。

「だども、あの人は奥さんがおりますしね。そうでなくとも朱火は、虹介さんに興味ねぇですよ。普段から『半分、街のもんだ』と言って馬鹿にしとるもん」

「馬鹿に、ですか」

「朱火はおれなんかより、ずっと十雪先生の教えに忠実ですからね。街に住むようなやつらは下に見とるんです」

「弁護士先生の息子でも？」

「『弁護士なんて、先生の使いっ走り』と朱火は言ってましたよ。十雪先生の手足で、子分だとしか見ちゃいません」

「十雪先生の足と言やあ、集落にはちょっと前まで、宝生父子しかマイカー持ちがいなかったそうですな。けどいまは陽子さんがいる。大助かりでしょう」

「まあ、そうですね。買い出しなんかをお願いしてます」

「陽子さんの車に、飛竜さん以外が乗ることはありますか？」

「そらぁありますよ。おれもこないだ、街のホームセンターまで乗っけてもらった」

「ではみち子さんはどうです？　乗せてもらうことはありますかね」

「みち子さん？」

綺羅はきょとんとした。

「どうでしょう。だども、もし頼まれたら陽ちゃんは乗せるでしょうよ。みち子さんが『乗せてくれ』なんて頼むのは、あんま想像できねえども……」

言いながら、目をすがめる。なぜそこでみち子の名を出す？　と探る目つきだった。

三ツ輪は質問を変えた。

「ところで、ミサヲさんと塙乙次が村で会っていた——との証言がいくつか集まっていますが、ご存じですか？」

「おふくろと乙次さんが？　そりゃあ……ずいぶん昔の話でしょ」

綺羅は顔をしかめた。

「そら乙次さんだって、この村の生まれだもの。顔を合わしたら挨拶くらいしますわ。だども、ここ数年は会ってませんよ。年寄りの言うことを真に受けんでください。あの人がたは十年前のことでも、昨日あった出来事みてえに話すんだ」

言いながら、片手で畑の出入り戸を押す。話を切りあげたがっているのが、手に取るようにわかった。

まあ今日はここまでかな——と考えかけ、三ツ輪はふと視線を一点に止めた。

出入り戸の隙間から、畑の畝が見えた。

茄子、枝豆、ピーマン、とたわわに実りつつある。その畝の間に、地下足袋に似た二股作業靴が転がっていた。

薄いグレイの作業靴だ。その足首から踵にかけて、赤黒い染みが広がっている。刑事の目によく馴染んだ色あいであった。

――乾きかけた、血液の色。

三ツ輪の視線に気づいたか、綺羅はかぶりを振った。

「あれは、いや、おれが今朝がた鼻血を出したんです」

鼻血がなぜ踵側に流れる？　と三ツ輪は訊きたかった。だがその前に、

「すみません。作業があるんで」

早口で綺羅は言い、そそくさと出入り戸の向こうへ姿を消した。

6

綺羅と別れた数分後、三ツ輪の内ポケットで携帯電話が鳴った。

「捜一、三ツ輪です」

「おれだ」

係長だった。三ツ輪の直属の上司だ。

「ミツおまえ、まだ胎岳村にいるよな？　手ごたえはどうだ」

「なんとも言えませんね。臭う住民は多いが、追いこめるだけのネタは皆無です」

「辻みち子は？　話したか？」

「いささか様子がおかしいです。臭ううちの一人ですよ」

「そうか。では以下は、捜査主任官からの伝言だ」

係長は咳払いしてから、棒読みで言った。

「えー、『辻みち子および、辻十雪の息子を重点的に洗え。宝生弁護士の死後も、やつらはまだまだ複数の裁判を抱えている。自給自足の作物と寄進の残りで生きているあいつらに、高額の慰謝料は払えん。つまり、やつらは金に困っている』以上だ」

「命令なら洗いますよ。でも『金に困っている』だけじゃ弱いですね」

三ツ輪は苦笑した。

「具体的に、彼らはどういう理由で訴えられてるんです？」

「まずは『不当寄付勧誘』だな。要するに霊感商法で騙したり、自宅を売れと寄進を強要するのはアウトってことだ。次に『未成年者誘拐』」

「誘拐……？」

思わず声を尖らせた三ツ輪を、

「待て。慌てるな」と係長が制した。

「誘拐は誘拐でも、この場合は〝配偶者の同意なくわが子を連れだした〟ケースだ。どの宗教団体にもありがちだが、夫婦の片方だけが信者の場合、配偶者が仕事などで留守の間に、子を連れて出家しちまうんだな。この場合の対応は、おおよそ二つに分かれる。団体に乗りこんで力ずくで取りかえすか、もしくは告訴するかだ」

「後者の選択をした家族たちに、『十雪会』は訴えられてるんですね」

「そうだ」

係長は肯定し、声を低めた。

「生前の宝生弁護士は、結構なやり手だったらしいな。履歴を見るに、どのケースだろうとほぼほぼ示談を成立させている」

「会員や子どもを返すことなく、ですか？」

「ぶっちゃけ、あまりクリーンな弁護士ではなかったようだ。会員たちが辻十雪の言いなりなのをいいことに、本人や一族の弱みを聞きだし、それを家族に伝えて『おたくもけっして清廉潔白でないようですが、どうします？　裁判となると、すべて表沙汰になりますが……』とささやくわけさ。これで八割強の家族は示談に応じる。だが応じなかった、残りの二割の家族には――」

「には？」

「おまえも小耳に挟んだことはあるだろうよ。『十雪会』と延成会の関係は」

三ツ輪のこめかみが、ちりっと疼いた。

「やはり繋がってましたか。示談に応じない家族は、マルBから追いこみがかかるんですね」

「ああ。ついでに塙乙次と延成会にも、知ってのとおり繋がりがある」

「しかしその場合、見返りはなんでしょう？」

三ツ輪はいぶかしんだ。

「『十雪会』は、けっしてでかい団体じゃない。寄進だってたいした額じゃないでしょう。自分たちで食っていくので精いっぱいだと思いますよ。延成会が満足するだけの金を持ってるとは思えません」

そこまで言ってから、

「……まさか、延成会への支払いのために寧々ちゃんを誘拐した、と？」

三ツ輪は眉根を寄せた。

「馬鹿な。リスクが大きすぎますよ。それに会員や家族の弱みを握ってるなら、そっちから搾りとれるでしょう」

「かもな」

短く答えてから、係長はつづけた。

「だがさっきも言ったように、主任官が『十雪会』に目を付けているんだ。……おまえも知ってるだろう、主任官がいま離婚係争中だってこと」

「え？　ああ、はい」

戸惑いながら、三ツ輪は首肯した。

係長がため息をつく。

「いまの主任官にとっちゃ、『未成年者誘拐』はわがことなんだよ。つまり主任官自身が、奥さんと親権争いをしてる最中なんだ。奥さんが出ていってから、半年近くわが子に会えていないらしくてな……」

「は……」

三ツ輪は気の抜けた相槌を打った。

「要するにわが子と会えない鬱憤を、未成年者誘拐案件を連発した『十雪会』に投影している、と？　そんなの、ただの私怨じゃないですか」

「まあそう言うな。なにしろ物証の乏しい事件だ。こういうときはまず、上の筋読みに従って動くのが慣例だろうよ」

「それはそうですが、筋読みを偏見で左右されちゃ……」

「ただでさえ主任官は、いまの刑事部長と折り合いがよくないしな」

係長がさえぎった。

「この『寧々ちゃん事件』の進展如何で、今後の身の振り方も違ってくる。いろんな意味で追いつめられて、崖っぷちなのさ」

この『寧々ちゃん事件』の捜査主任官は五十代の警部だ。そして県警の刑事部長は、同じく五十代ながら階級は警視長だった。

警察は完全縦型社会である。ひとつ階級が上がるだけで身分は大違いだ。警視長は警部の三階級上ゆえ、貴族と平民ほどの身分差と言っていい。

——その相手に睨まれ、家庭も崩壊寸前じゃ、正気でいられんか。

とはいえ、それはあくまで個人的な事情である。捜査に私怨と予断を持ちこまれたのでは、たまったものではない。

「まあ仮に、今回の誘拐事件に『十雪会』の残党がかかわってるとしましょう。しかし、彼らだけじゃ無理ですよ。天馬は正義漢だし、飛竜も計画的な犯罪ができるタマじゃない。日ごろ鎌と鍬しか持たない彼には、手に余ります」

「だよな。だからそこで、塙の存在が浮上するわけだ」

「彼らが塙を計画に引きこみ、実行犯として使った――と？　だとしたら大馬鹿ですよ。塙なぞに頼ったら、骨までしゃぶられるのが落ちだ」

反駁(はんばく)しながら、三ツ輪は考えた。

――いま村に住む『十雪会』残党のうち、塙と対等に渡りあえる者がいるか？

第一の候補は、天馬だろう。彼はなかなか賢い。しかし塙を頼り、手を借りたがるとは思えない。

飛竜は対照的に、無鉄砲だ。良識も薄そうである。だが天馬以上に塙を嫌っている。あの態度が演技ならば話はべつだが、そんな狡猾(こうかつ)さとは縁遠い男だった。

綺羅はもっと無理だろう。ああいう気弱なタイプは切れると案外怖いものだが、塙を操縦できるとは思えない。誘拐のような知能戦など夢のまた夢だ。

みち子は論外である。宝生冨美は、また違った意味で論外。

――『十雪会』残党で、冷徹に子どもをさらってこられそうなのは……。

まあミサヲくらいか。そう考えたとき、

「……なに？　おい、もう一度言え……」

上司の声が遠ざかった。

どうやら捜本でなにか起こったらしい。三ツ輪は慌てて携帯電話を持ちなおした。

「係長、どうしました？　係長」

「ああすまん。たったいま入った情報だ。――寧々ちゃん殺害の凶器が判明した」

三ツ輪は息を呑んだ。

いま一度、しっかり携帯電話を耳に押しつける。

「検視の段階でわかっていたのは、〝先が尖った金属製の鈍器〟ということのみだ。つるはしかとも思ったが、科捜研の職員によれば、『頭径二十七ミリ、頭部長百十一ミリの先切玄能と推定される』そうだ」

「先切玄能？」

係長の言葉を、三ツ輪は鸚鵡返しにした。

「先切金づちではなく、ですか？」

「先切金づちの、もっとでかいやつだな。片口がハンマーで、もう片口が釘抜きでなく釘締めになっているタイプだ。主に関西以西で用いられるから、このへんじゃあ滅多に見かけんらしい」

「その釘締めのほうで、犯人は寧々ちゃんを殴打したんですか。すくなくとも六回？」

問いながら、三ツ輪は頬を歪めた。

防犯カメラによれば、寧々ちゃんをパチンコ店から連れだしたのは〝中肉中背の男〟である。平均的な成人男性にとって、七歳の女児などなんの脅威にもなり得ない。それこそ赤子同然だったはずだ。

——そんな子どもを、尖った釘締めで六回以上殴って殺した。

吐き気がした。

人間の所業とは思えない。理屈の通じぬ凶獣の仕業では、とすら思えた。

「ミツ、今夜の捜査会議は八時からだぞ。それまでに戻れよ」

という係長の言葉にも、どう答えたのかよく覚えていない。気づけば通話は切れていた。

何度目かの吐息を洩(も)らし、首をめぐらす。

気づけば相棒は椚(くぬぎ)の木陰に立ち、畦道(あぜみち)の向こうを見つめていた。

「刈谷さん？」

声をかけると、振り向きざま「しっ」と目で制された。

刈谷の視線の先を追う。農道のなかばに、黒のセダンが停まっていた。すぐ横ではスーツ姿のいかつい男が煙草(たばこ)を吸っている。どう見ても堅気ではなかった。

「ありゃあ、延成会の下っ端だ」

ささやきながら、刈谷が三ツ輪を見た。

「三ツ輪よ、ヤクザの車ってのはあんなしょぼい見た目なもんか？」

「いやあ、下っ端が乗るならあの程度……」

でしょう、と言いかけた声が途中で消えた。刈谷が匂わせた言葉の意味がわかったからだ。

ヤクザの車というと、三ツ輪たちは無意識にハイクラスを連想してしまう。だが遠目で、しかも一瞬ならば、この程度の外車を同色の国産セダンと見間違えることはあり得ないではない。

はたしてみち子が目撃して顔いろを変えたのは、ほんとうに陽子のシビックだったか。

そしてこんな辺鄙な村に、なぜ延成会の下っ端がいるのか。

夏特有の湿った風が、鼻さきを吹き過ぎていった。

7

三ツ輪たちが村内で朱火と行きあったのは、夕方のことだ。

茜空を背景に、女性のシルエットが薄黒く浮かびあがっていた。用水路の脇に立ち、山の方角に両掌を合わせている。

彼らの視線に気づいたか、シルエットが振りかえった。天馬の元恋人——そしていまは綺羅と付き合っている女、朱火であった。

「どうしました？」

三ツ輪が声をかけると、朱火は袖で頬を拭った。

「ん、なんでもねえの。——だども、死んだ子が可哀想でさ」

子どものような舌足らずの口調だった。

「お父さんお母さんから引き離されて、殺さって、山ん中に転がされたなんて、そんな可哀想な話ある？　なんかもう、想像しただけで泣けてきてさあ」

言いながら、ふたたび目もとを拭う。

——そういえば、あの子のために泣く住民をはじめて見た。

三ツ輪は、目の前の朱火をあらためて眺めた。

美人ではない。だが、ミサヲとはまた別種の奇妙な魅力があった。

——ひと昔前なら、朱火はちんくしゃと言われただろうな。

死語である。小型犬がくしゃみをしたような顔、という意味らしい。朱火はまさにそれで、ちいさな顔の中心に目鼻がくしゃっと集まっていた。にもかかわらず、大きな瞳やくるくる変わる表情が、男たちの目を惹きつける。

「県警ですが、お時間いいですか？」

警察手帳を見せながら言うと、

「刑事さんなのは知っとるよお。前にも会ったじゃん」

朱火は薄く笑った。

「十分くらいなら話してもいいよ。で、なに？」

「まさにその女の子のことですよ。昨夜から今朝にかけて、あやしい人影や物音を見聞きしませんでした？」

「なんもなかったと思うよ。けど、昨日は夜中過ぎまで雨だったし、誰か通っても聞こえなかったかも」

朱火が左手を振る。その手首を見て、三ツ輪はおやと思った。

「いいですね、それ」

朱火の左手首にはまっているのは、タトゥーチョーカーだった。伸縮性のあるナイロン製のアクセサリーである。肌にぴったり張りつき、一見するとタトゥーにも見えるところから名が付いたらしい。

「いま流行ってるらしいですね。うちの中学生の長男が、彼女の誕生日プレゼントに買ってましたよ」

「へえ。息子さん、やさしいんだあ。モテるっしょ」

朱火は声を弾ませ、右手で左手首を握った。

「あたしのこれは、綺羅ちゃんが買ってくれたんよ。アムロちゃんがしててね、街じゃすっごい流行っとるんてぇ」

安室奈美恵を知ってるのか、と三ツ輪はすこし驚いた。十雪集落にはテレビもラジオもインターネットもないはずだが、どこで情報を得るのだろう。

そんな三ツ輪の考えを見透かしたか、言いわけするように朱火は言った。

「十雪先生も、こういうのは怒らないと思うんよ。先生、街の文明は嫌ってたけど、女の子がおしゃれするんは好きだったもん」

「もっとおしゃれしたいなら、都会に出たらいいんじゃない？」

刈谷が笑顔で口を挟む。幼女を相手にするような語調だった。

「村を出ようとは思わないのかな。出たいと思ったことはない？」

「ない。外のやつらは、嫌い」

朱火はぴしゃりと言った。

「最近はマシだけど、あたしが子どもの頃はひどかったんよ。『ジュウセツ狩り』とか言ってさ。悪ガキどもが村まで来て、石投げたり、ちいさい子を捕まえて叩いたり、『学校も来れん、字も読めん馬鹿ぞろい』って囃したてたり……。あんなやつら、大っ嫌い」

語気も荒く吐き捨てる。

「あたし、あいつらに摑まったことあるんよ。殴る蹴るならまだ許せっけど、あいつらあたしを押さえつけて、パンツ脱がそうとしやがった。天馬さんと乙次さんが来てくれんかったら、なにされてたかわからんよ」

「天馬さんはわかりますが、塙もですか」

三ツ輪は思わず言った。

「塙のやつが、助けに入るような子どもだったとは」

「乙次さんは、けっこうそういうとこあるよ。好きにはなれんかったけどね」

朱火が肩をすくめる。

「乱暴すぎたし、十雪集落の人じゃないし」

「それに、十雪先生の息子じゃないし？」

「えへへ」

舌を出して朱火は笑った。三ツ輪の言葉を、間接的ながらはっきり肯定していた。

「天馬さんとお別れしたそうですね」

「まあね。……みち子さんのこと、お義母さんって呼べたらよかったなあ。だどもみち子さんは、もう半分みち子さんじゃなくなっとるしね」

「と言うと？」

「なんかね、天馬さんが言うにはアレなんだって。えーと、アル……アルトマイマー？」

「アルツハイマーですか」

「そうそれ。それの、若めの人がなる版になりかけてるって」

――若年性アルツハイマーか。

先日会ったときはしっかりして見えたが、まだら症状の段階なのだろうか。では例のセダンへの反応も、深刻にとらえる必要はないか？

「十雪集落の人じゃないといえば、飛竜さんの奥さんもそうですよね」と刈谷。

「陽子さんね。あの人は意地悪じゃないからいいの。ていうか、陽子さんも外の男の子にいじめられとったもん。チビとかブスとか言われてさ。ふん、ぶっさいくなツラしたやつほど、女のことブスブスしつこく言いよるね」

「顔のことを言うなら、綺羅さんはけっこうな男前ですな」

　三ツ輪は言った。

「お兄さんたちにも、ミサヲさんにも似ていない。辻十雪氏は男前だったらしいから、父親似かな。天馬さんも男前ですしね」

「誤解せんといて。べつにあたし、面食いじゃないの」

　朱火は白い歯を見せた。

「顔で選んだわけじゃないし……。天馬さんとも、嫌いでお別れしたわけでないの。天馬さんはさ、ほら、十雪先生とみち子さんの子だから、あたしには立派すぎるんよ」

「では綺羅さんは、立派すぎない？」

「うーん、うまく説明できんけど……たとえば天馬さんは、あたしが悪かったらあたしを叱るのね。正しくて立派だから。だども綺羅ちゃんは、あたしが悪くても怒らんで、かばってくれる。正しいかどうかより、あたしを好きな気持ちのほうが上だから。そういうとこ、あたしと綺羅ちゃんはお似合いなんよ。わかる？」

「わかる気がします」

　三ツ輪は首肯した。

　朱火がつづける。

「ミサヲさんがお姑さんになるんは、おっかないけどね。だども綺羅ちゃんは、無理にお付き合いせんでいいって言ってくれるしぃ」

「おっかないですか、ミサヲさんは」

「あはは、とぼけんでよ。刑事さんだってそう思っとるくせに」

朱火は大声で笑った。

「十雪先生ですら、ミサヲさんには逆らえんかったんよ。ミサヲさんは、チガイホーケン。なにしてもいい人」

〝治外法権〟を異国語のように発音し、手首のタトゥーチョーカーに触れる。

「これだって、ミサヲさんが持ってた雑誌で見たんだもん。先々月のを綺羅ちゃんが見せてくれてね。『アムロちゃん可愛いー。この腕に付けとるんも可愛い』って言ったら、買ってくれたの」

「ほう。ミサヲさんは、雑誌を買うお金をお持ちですか」

刈谷が水を向ける。しかし朱火はあいまいに笑っただけだった。

三ツ輪は話題を変えた。

「ところで、綺羅さんはだいぶ鼻血を出したようですね。大丈夫でしたか？」

「へ？　綺羅ちゃん鼻血出したの。珍しい。風邪（かぜ）ひとつひかん丈夫な子なのに」

三ツ輪は刈谷に目くばせした。ふたたび質問を変える。

「最近、このへんで黒い車を見かけませんか？」

「黒い車？　見る見る。それ、陽子さんの車よ」

声音にまるで邪気がない。

「陽子さんに似合わん車よね。『軽は煽られるから、黒の普通車にした』て言っとったわ。陽子さん、ナメられるとか煽られるとかに敏感だもん」

「外車は見かけませんか」

「うーん。あたし、車詳しくないんよねえ。ベンツもポルシェも見分け付かんわ」

この問いも食いつきが悪いようだ。三ツ輪はさらに話題を変えた。

「宝生家とは、お付き合いがありますか？」

「そら、あるよ。同じ集落だもん。冨美さんははっきりせんとこあるけど、いい人よ」

「息子さんの虹介さんは？」

「ああ、あの人は知らん」

朱火はそっけなく言った。

「あの人、とっくに村の人じゃないでしょ。集落のみんなに黙って、しれーっと外の女と結婚してさ。子どもができたってお披露目もなしよ。それって、うちらとはもう付き合う気ないってことでねえの。ふん。街住まいだからって気取っちゃってさ。馬鹿にしとるよね」

頃合いと見はからって、三ツ輪は本題に入った。

「最近、塙乙次を見かけないですか？」

「あたしは見てない」

朱火は首を振ってから、

「だども、上の姉ちゃんが会ったって言うてたよ」

さらりと言った。

三ツ輪の心臓が跳ねた。思わず拳を握りかける。感情を顔に出さぬよう努めながら、彼は言葉を継いだ。

「ほう。どこで会ったか言ってました?」

「弟さんのアパートよ。姉ちゃん、乙次さんの弟と付き合っとるの。乙次さん、先週の頭にふらっと来てさ。万札一枚出して『酒くれ』って言うんだって。姉ちゃんがウイスキー一本渡したら、また帰っていったってさ」

「なぜ弟さんの家に? 特別な酒でもあるんですか?」

「んーん。お店とかコンビニは、カメラがあるから入りたくないみたい。最近、街のほうでもお酒の自販機がなくなってるんだってねえ。あたしはお酒飲まんから、どうでもいいけど」

「飲まないんですか」

「飲むわけないじゃあん。十雪先生、女が酒飲むの嫌いだったもん」

大口を開け、けらけら笑う。

「それで塙は、その後……」

つづけて訊こうとしたが、メールの着信音にさえぎられた。

三ツ輪の携帯電話だ。刈谷に質問役を譲って、彼は数歩しりぞいた。

係長からのメールであった。部下全員にＣＣで送ったらしい。件名は『マルハナ、防カメ映像』。画像が添付されている。

三ツ輪はスクロールし、本文より先に画像を見た。

県庁とおぼしき四角い建物を背景に、塙が歩いている。フードをかぶって肩をすぼめ、動画でなくとも早足なのがはっきり見てとれる。

だが三ツ輪の目は、彼の背後に映りこんだ女に吸い寄せられた。

——ミサヲだ。

間違いなく、國松ミサヲであった。

いつもの作務衣姿ではない。髪をきれいに結いあげ、渋い臙脂(えんじ)の着物をまとっている。帯は厚く上等そうだ。大きな石の帯留めをしている。

慌てて三ツ輪は上にスクロールし、本文に戻った。そこにはこうあった。

「先々週、県庁前通りの防カメがとらえた映像」

「塙とミサヲが話すところは、残念ながら映っていなかった。科捜研の職員いわく、ミサヲの着物は正絹(しょうけん)の江戸小紋。帯留めは翡翠(ひすい)。どちらも安物でないのは確か」

和装に詳しくない三ツ輪の目にも、ミサヲの着こなしは板について粋(いき)だった。ちょっとした小料理屋の女将(おかみ)と言っても通るだろう。

三ツ輪の脳裏を、過去に聞いた言葉が駆け抜けた。

——自給自足の作物と寄進の残りで生きているあいつらに、高額の慰謝料は払えん。

——ミサヲさんは、雑誌を買うお金をお持ちですか。

携帯電話を片手に、三ツ輪は朱火を振りかえった。

彼女はよどみなく刈谷の問いに答えている。その答えぶりはあいかわらずだ。言葉づかいはつたない。だが肝心なところは覗かせない。

なるほど、綺羅の言うとおり、この女は馬鹿じゃない——。

三ツ輪は内心でつぶやいた。賢いとまでは言えない。だが馬鹿ではない。

ちんくしゃな朱火の童顔に、ミサヲの白い顔がふっとオーバーラップした。

——なんだか朱火まで、薄っ気味悪く思えてきたぜ。

三ツ輪は山を仰いだ。

青あおとそびえる胎岳山は、いまだ霧に煙っている。昨夜から今朝にかけて、少女の遺体を呑んでいた山だった。

第四章

1

鳥越は一人、空き家の塀にもたれ、スマートフォンに耳を傾けた。

胎岳村は、完全に夜のとばりに包まれていた。

菫とは二時間ほど前に別れた。あのあと長下部は前線本部に取って返したが、鳥越は残って菫と話しつづけたのだ。

いまスマートフォンから流れるのは、録音した菫の声である。内容は、辻十雪が生前に語ったという『十雪会の教え』だ。

一、虫や獣を含む、いっさいの殺生を禁ずる。
二、子どもたちを、文明の毒に不用意に触れさせる行為を禁ずる。
三、われわれは自然と融和した大きな家族であり、一体である。ゆえに師や父のもと、意思をひとつとし……。

こういった具合に、延々とつづく。

――派生がフラワーチルドレンどうこうのわりに、旧弊だな。

鳥越の感想は、その一言だった。

自然派の共同体というからもっとエコロジカルでリベラルなのかと思いきや、後半になればなるほど「家父長制度の肯定」「母性の神聖化」「性別の役割固定」と、明治時代の頑固親父（おやじ）のごとき主張になっていく。加えて文明禁止、西洋医学禁止、子どもの就籍禁止、通学禁止とつづく。

辻は自然への回帰というより、昭和以前への回帰を求めたらしい。その上で、自分に絶対服従する無知な私兵を作りたかったようだ。

――新興宗教の教祖によくいる、権力欲の化け物だな。

鳥越は唇を曲げた。

人民寺院のジム・ジョーンズ。マンソン・ファミリーのチャールズ・マンソン。愛の寺院のヤーヴェ・ベン・ヤーヴェ。オウム真理教の松本智津夫（まつもとちづお）。

彼らは判で押したように同じだ。

人一倍権力欲と自己愛が強いが、実社会で成功できるほど利巧でも有能でもなかった。その代わり口が達者で、悪知恵が働いた。彼らは自分が君臨できる小世界を作り、そこで王になったものの、結局は破滅した。

――辻十雪は、ジム・ジョーンズよりずっと小粒だった。

彼は五百人ほどの信徒しか集められなかった。おまけに肝臓を悪くして早死にした。被害に遭った会員やその家族には申しわけないが、この規模で済んだのは、社会にとって幸運だったと言える。

録音アプリの再生が終わりかけた、そのとき。

ふと鳥越は羽音を聞いた。

顔を上げる。すぐ目の前の生垣に、一羽の鴉がとまっていた。例のボス鴉である。

数秒、鳥越はボス鴉と見つめあった。やがて、ゆっくりとかぶりを振った。

「いいんだ」

ささやくように言う。

「こっちこそ、無茶な頼みごとをして悪かった。……見つからなくても、おまえらのせいじゃない。気に病まないでくれ」

頭上の電線では、数羽の鴉がボス鴉を案ずるかのように待っていた。

鳥越は、彼らに会釈した。

「地元のやつらに挨拶しといてくれたか。ありがとうよ。……できればもうちょい、ここらにいてくれると助かる」

わかった、と言いたげにボス鴉が羽を広げた。

生垣から飛びたつ。漆黒の羽が漆黒の夜闇に溶け、じきに見えなくなってしまう。

あとには黒地に粉砂糖をふるったような、満天の星があるだけだった。山が近いだけあって、さすがに星はきれいだ。

――三ツ輪楓花は、生きている。

鳥越は確信した。

田舎の鴉は一日に二、三十キロは移動する。ボス鴉の指令のもと、彼らは手分けして飛んでくれたはずだ。しかし楓花の遺体は見つからずじまいだった。

――おそらく犯人は、峠通りの噴水前に来なかった。

そう鳥越は彼は確信していた。なぜならあの夜、鴉たちは静かだった。女の子の恐怖をまとった不審人物が来なかったせいだ。

――問題は、どこに監禁されているかだな。

つぶやいたとき、スマートフォンが着信音を鳴らした。

アプリから画面を切り替える。水町巡査からのメールであった。件名は『長下部巡査部長へお願いします』。

鳥越はまず本文へ目を走らせた。

「お疲れさまです。鳥越さん、前線で長下部さんとご一緒だそうですね。

奥さんは気落ちしていますが、ぽつぽつと話してくれます。三ツ輪勝也さんの昔話をお聞きしていたところ、長下部さんの話題が出ました。その流れで、三ツ輪さんの現役時代の手帳を見せてもらえたんです。

奥さんいわく、『義父は生前、この手帳を長下部さんに譲りたがっていました。主人が渋ったので保留になりましたが、やはり見てもらうのがいいと思います』『楓花を見つける、手がかりの一片にしてください』だそうです。

添付データは二十五年前の手帳です。今回の事件に関係ありそうな部分を選び、スマホで撮りました。長下部さんとご一緒に見てください」

末尾には、ダウンロード用のURLが貼(は)りつけてあった。鳥越はサイトに飛び、データをダウンロードした。

圧縮されたファイルをひらく。

手帳の見開きを撮ったらしい画像データが、ずらりと並んでいた。手書きの文字だが読みづらくはない。ほぼ隙間(すきま)なく、びっしり書いてある。

——二十五年前の、三ツ輪さんの字か。

ざっと読んだ限りでは、安城寧々ちゃんの遺体が発見された直後のものだ。胎岳村を訪れ、辻家、宝生家、國松家をまわった際の詳細な記録である。

——とくに、故人であるミサヲについて詳しいのがありがたいな。

鳥越はデータをクラウドに保存し、三、四ページ読んだ。

ふと手を止める。

ふたたびの物音に気付いたせいだ。だが今度は羽音でなく、人間の足音であった。

振りかえると、長下部がいた。

「——塙の死因は、脳挫傷(のうざしょう)だそうだ」

　前置きなく、彼は告げた。

「〝先の尖（とが）った鈍器〟で繰りかえし殴打されたことによる、頭蓋骨（ずがいこつ）骨折および脳挫傷だとよ。どう思う？」

「『賀土老夫婦強殺事件』も、鈍器による殴打でしたね」

「それだけじゃねえ。『安城寧々ちゃん事件』もだ。寧々ちゃんも同じく、尖った鈍器状の凶器で頭を複数回殴られ、殺されている」

「同一犯ですかね？」

「まだわからん」

　鳥越の問いに、長下部は首を振った。

「同じ〝鈍器による脳挫傷〟でも、『賀土事件』のほうは〝先の尖った鈍器〟とは限定されていなかった。また寧々ちゃんは側頭部を殴打されたが、今回の塙は正面から襲われている」

「塙相手に、正面からですか」

　鳥越は思わず唸（うな）った。

「犯人は、そうとう怖いもの知らずな野郎かな。腕っぷしに自信があるか、よほど激昂（げきこう）していたか……。誘拐犯同士の仲間割れだといいんですがね」

「そこは同感だ」

　長下部はうなずいてから、

「まだつづきがあるぞ。……寧々ちゃん殺害の凶器と、今回の塙殺しの凶器は、おそらく同種だそうだ。頭径二十七ミリ、頭部長百十一ミリの先切玄能だな。二十五年を経ているから、同一の凶器とは言いきれん。だが、すくなくとも同種だ」

と告げた。鳥越は考えこんだ。

「三ツ輪さんは、牛刀で刺し殺されてたんですよね。撲殺を得意とする犯人が、刃物をまったく使わんとは言いきれませんが……。わからなくなってきたな」

「いやな村だぜ」

長下部が吐き捨てる。

「この村にかかわっていると、ホトケがどんどん増えやがる。……空を見ろ、鴉だらけじゃねえか。死の臭いに群がってきてるみてえだ。畜生が」

鳥越は、そこはノーコメントにしておいた。

代わりに自前のスマートフォンを突きだし、「長下部さん、見ていただきたいものが」

と言う。

水町巡査からのメールを読みあげると、長下部は目を見張った。

「三ツ輪さんの手帳か。おい、おれのスマホにもそのデータを送れ」

「もちろんそのつもりです。プライベートのメアドを教えてください」

しばしスマートフォンを操作してから、長下部が液晶を突きだす。鳥越はＱＲコードを読み込み、画面を確認して言った。

「oskb_momo1019@qsmail.com、か……。ひとつ訊いていいですか」

「なんだ」

長下部が応える。

「oskb は長下部でしょうが、このモモというのはなんです？」

「妻の名だ」

数秒、沈黙が落ちた。

鳥越は重ねて問うた。

「では 1019 は、もしかして奥さんの誕生日？」

「なんだ。なにかおかしいか？」

「なにひとつおかしくありません」

真顔で鳥越は言った。

「おれが勝手に、長下部さんにキュンときただけです」

「なんだ、惚れたか」

「惚れました。おれはすっかりあなたのファンですよ。長下部ファンクラブがあるなら入りたいくらいだ」

「よかったな。おまえが会員第一号だぞ」

「やった。夢の会員番号ヒトケタ」

大げさにガッツポーズをしてから、鳥越はまた真顔に戻った。

「公認ファンになれたついでに、教えてもらえませんか。なんでまた、異動してまでゴンゾウのふりをしてるんです？」

「ふり、だと？」

長下部が眉根を寄せる。

彼の凶相に怯まず、「ええ、ふりです」と鳥越はつづけた。

「あなたは背中に児雷也を背負うほどの、生粋のマル暴刑事だった。だが異動後はゴンゾウ化し、うって変わって地味づくりにしている。三ツ輪さんに容姿を似せていることと、なにか関係があるんですか？」

しばらく長下部は押し黙っていた。だがやがて口もとを緩め、

「……まあ、いいか」

ふっとため息をついた。

「そもそも、三ツ輪さんのゴンゾウが演技だったのさ。――あの人は菰田市議殺しこと『小角男性市議墜落死事件』を、ひそかに一人で追いつづけていた。延成会と市議会の繋がりを暴き、菰田市議は他殺だったと証明することが、あの人のライフワークであり悲願だった」

「そして彼の退官後は、長下部さんがそれを引き継いだ？なーにが『声をかけられりゃ、酒や飯に付き合いはした程度の仲』ですか。いけしゃあしゃあと嘘をついてくれましたね」

「当たりめえだ。刑事が嘘のひとつやふたつつけなくてどうする」

「そりゃまあ、確かに」

　鳥越は即座に納得した。

「誤解するな。べつに『継いでくれ』と頼まれたわけじゃない。おれが勝手に、あの人の意志を引き継いだ気になってただけだ」

　手を振る長下部に、鳥越は言った。

「菰田市議が調べていた〝特定団体〟候補のひとつが『十雪会』でしたよね。そして塙乙次は、三ツ輪さんの手帳によれば延成会のパシリでした」

　手の中でスマートフォンをもてあそぶ。

「その『十雪会』ゆかりの胎岳村で三ツ輪さんが殺され、寧々ちゃんと同じ歳（とし）の楓花ちゃんが誘拐され、塙が先切玄能で殺された。……まるで二十五、六年前の事件群が、一気によみがえったような流れですよ。これを偶然だと思いますか？」

　長中部は答えなかった。鼻を鳴らしただけだ。

　鳥越はつづけた。

「二十五年前の『寧々ちゃん事件』は、なぜ未解決に終わったんです？」

「いろいろと、不運だったんだ」

　長下部の声音は苦かった。

「当時の捜査主任官が、まず私情で筋読みを進めた。私生活上のトラブルや刑事部長との轢轢のせいで、目が曇ったらしい。まあ警察官も人間だからな。手柄を立てて、妻や上司の鼻を明かしたかったんだろうさ」

「功を急いだんですね。で、ヤバい筋と衝突でもしたんですか？」

「いや、弁護士事務所と揉めた」

「弁護士事務所？」

「『十雪会』の顧問弁護士こと宝生吾郎は、当時すでに故人だった。しかし事務所にはまだ大量の書類が保管されていた。主任官は、かなり強引にそれらの情報開示を求めたんだ。それに反発した吾郎の息子が、世話になっていたボス弁に泣きついたのさ。そこから、一気にことが大きくなった」

「主任官は途中で引かなかったんですか？」

「そうとうにカッカきてたからな。最終的に県警が会見をひらき、本部長が頭を下げる騒ぎまでいった」

「そりゃ、また……」

鳥越は呆れた。想像するだけで胃が痛む話だ。

「当然、主任官は刑事部長の鼻を明かすどころじゃねえ。それどころか、幹部全員から総スカンだ。減給処分で済んだのが不思議なくらいだぜ」

「『寧々ちゃん事件』から会見沙汰に派生したとは、はじめて知りましたよ」

「表向き、直接の関連はねえことになってるからな。県警が弁護士事務所に個人情報の開示を迫った、人権問題だとされた」

「そのすったもんだの余波で、『寧々ちゃん事件』はうやむやに終わった？」

「そういうことだ」

長下部はポケットの煙草を探りかけ、思いなおしたのか手を止めた。代わりに鳥越を真似て、塀にもたれる。

鳥越は言った。

「菰田市議殺しの捜査について、不用意に首を突っ込む気はありません。長下部さんは思う存分そっちを追ってください。……ですが、今回の殺しと誘拐に関する情報なら、隠すのは無しですよ。それでいいですか？」

「むろんだ」

長下部は即答した。

「ほかならぬ三ツ輪さんが殺されて、楓花ちゃんがさらわれたんだぞ。その解決をおれが邪魔するはずねえだろう」

「ですよね。でも一応確認しておきたかったんです」

鳥越はうなずき、そして打ちあけた。身代金要求はブラフで、噴水前に誘拐犯は来なかったと確信していること、楓花ちゃんの生存を信じていることを。

「そいつは、ただのおまえの勘か？」

長下部が問う。鳥越は首を横に振った。

「信頼できる情報屋がいる、とだけ言っておきます」

「ふん」

長下部は空を仰いだ。

「できるもんなら、おれもその情報屋を信じてえぜ。子どもの死体を見るのはもう御免だ。三ツ輪さんの孫娘なら、なおさらだ……」

墨を塗ったような夜空には、いまだ鴉たちの気配が残っていた。

2

その夜の鳥越は、特殊班員や長下部とともに前線本部で眠った。借りている公会堂は畳敷きなので、己のジャケットや新聞紙をかぶっての雑魚寝である。どこでも寝て食えることは、警察官の基本スキルだ。

鳥越は六時半に起きた。

さっそく顔を洗って髭を剃り、朝食の買い出し係に志願する。

「菓子パンやゼリー飲料はまだ残ってますが、これだけじゃあね。命綱のコーヒーとエナドリも切れかけてるじゃないですか。朝のうちに行ってきますよ」

「そうか、悪いな」

桜木班長はとくに異を唱えなかった。

誘拐犯からの接触は、いまだない。捜査に進捗がないと、口に入れるものしか楽しみがなくなる。昔は煙草とコーヒーが定番だったが、最近は嫌煙が進み、エナジードリンクがその座に取って代わった。

「では行ってきます」

鳥越はわざとノージャケットにノーネクタイで外に出た。アリオンに向かう前に、朝の十雪集落をぶらりと一周する。

公会堂からもっとも近いのは、辻家だった。ひっそりと静まりかえっている。その二軒隣が宝生家、さらに三軒隣が國松家だ。

辻家の前を通り過ぎ、神木と見まがうような巨木をやり過ごす。トマトやオクラの実る畑を横目にさらに歩いていくと、

「鳥越さん!」明るい声がした。

見ると、生垣の向こうで、制服姿の宝生菫が手を振っていた。

「おはよう、菫ちゃん」

「おはよ。鳥越さん、今日は髪おろしてるんだ? そっちのほうがいいよ。若く見えるしね」

鳥越が答える前に、菫の背後で人影が動いた。

「菫。誰か来たの?」

鳥越は首をめぐらせた。

なかばひらいた掃き出し窓から、一人の女性が身を乗りだしている。二十代後半だろうか、菫とよく似ていた。ただし眉間のあたりに隠しきれない険がある。

「大丈夫だよ、お姉ちゃん。昨日友達になった人だから」

「友達って、あんたねえ」

声音がてきめんに尖る。鳥越は首を伸ばし、彼女に向かって会釈した。

「どうも。あやしい者じゃ……」

ありません、と言いかけた声は、サッシがぴしゃりと閉まる音でかき消された。

「ごめんね」と菫が首を縮める。

「蓮華お姉ちゃん、よその人が苦手だから」

「いいさ。というか、きみがよそ者嫌いじゃないほうが意外だよ」

「わたしはお姉ちゃんと違って、学校行ってるし。村の外に友達いっぱいいるもん」

けろりと菫は言った。

「それにわたしは、三年後にはここを出ていくんだからさ。外の世界や人に、早く慣れておかなきゃでしょ?」

「だね」

鳥越は目を細めた。

このあたりの話は昨日も聞いた。菫が志筑市立の中学校に在籍していること。親の方針で毎日は通えないが、友達の協力で〝十代らしい生活〟は最低限楽しめていること。十八になったら友達数人とともに、県外に出ていくつもりでいること――。

「内緒ね」

　菫が唇に指を当てる。

「ああ、内緒だ」鳥越はうなずいた。

「ところで、あとできみのお父さんとお話できるかな。何時ごろ来たらいいだろう？」

「うーん、九時くらいかな？　その頃には畑仕事が一段落してると思う」

「辻さん家や國松さん家も、九時過ぎに暇になるかな」

「だと思う」

「ありがとう。学校、頑張って」

　鳥越は手を振って菫と別れた。

　数メートル歩いたところで、ふと視線を感じた。顔を上げる。

　塩化ビニールの波板の陰から、女性がこちらをうかがっていた。

　蓮華ではなかった。五十代なかばの小柄な女性だ。横の柱との比率からして、身長は百五十センチ以下だろう。

　――三ツ輪さんの手帳の情報からして、陽子だな。

　鳥越はわざと女性と目を合わせた。彼女がぎくりとした瞬間、特上の笑みを浮かべてやる。

　女性がさっと波板の向こうへ消えた。同時に鳥越も笑みをかき消した。

経験上、この手のシチュエーションで彼の笑顔を見た女性は、きっぱり反応を二分させる。顔を赤らめるか、もしくは怯えるかだ。

——あの女は、どう見ても後者だったな。

思案しつつ、鳥越は十雪集落を離れた。


アリオンで十数キロ走り、国道沿いのコンビニへと入る。

まずは鴉のための食料を探した。前にも買った減塩ハムを三パック、ポテトサラダ、茹で玉子を籠に放りこむ。

おしなべて、鴉は脂っこいものが好きだ。とくにマヨネーズだのカスタードクリームだのを喜んで食う。積極的に与えたくはないが、田舎の野鳥はカロリーを激しく消費するし、大量に与えなければ問題ないだろう。

——まあ礼を兼ねてるしな。サラダのマヨネーズと卵黄くらい、たまにならいいはずだ。

そう己を納得させ、籠をレジに持っていった。

ついでにセブンスターを二箱買う。むろん長下部のためだ。この支払いは、自前の財布で賄った。

次に人間用の食料である。新たな買い物籠を持ち、おにぎり、サンドイッチ、総菜パン、お茶、カップ味噌汁と、今度は迷うことなく放りこんでいく。

エナジードリンクとインスタントコーヒーは多めに籠に入れた。最後にメンズ用の汗拭きボディシートを人数ぶん入れ、レジで領収書をもらった。

最後の品は、風呂(ふろ)に入れない捜査員に――とくに夏場の若手に喜ばれるのだ。最近の若者は清潔志向である。歯ブラシ持参の捜査員も増えつつある。だが、ボディシートまではなかなか気がまわりづらい。

前線本部へ戻ると、予想どおりボディシートが大歓迎された。

「好みがわからんから、全員シトラスの香りにしといたぞ」

「充分です」

「さすが鳥越部長。中身もイケメンです」

諸手(もろて)を挙げて感謝する若手の背後では、桜木班長ら中年が「二日や三日、風呂に入れないくらいでなんだ?」「理解できん」と首をひねっていた。

「長下部さん」

カップ味噌汁とおにぎりを手に、鳥越は長下部に近寄った。彼のぶんを手渡し、隣に座る。

「手帳のデータ、読みましたか?」

「ああ。昨夜のうちに一度、今朝(けさ)もう一度読んだ」

「それはよかった。これ、お土産(みやげ)です」

セブンスターを内ポケットから出す。長下部の目が輝いた。

「マメな男だな、おまえ」

「職場の愛されキャラだと言ったでしょう。……ところで今日は、手帳の情報をもとに動くことになりますよね？」

「むろんだ」

包装を破り、長下部が鮭おにぎりにかぶりつく。

「おまえなら、まず誰に会いたい？」

「最初は宝生冨美と虹介かな。その後に天馬、綺羅の順ですかね」

鳥越は味噌汁を啜って答えた。

「長下部さんはどうです？」

「おれは辻みち子が見たという、黒のセダンが気になっている」

「同感です。ですが現在のみち子は認知症が進んで、残念ながら日常会話もままならないそうで」

「残念といえば、ミサヲが故人なことも大いに残念だ。……ふん、粋な正絹の着物で、街をねり歩いていやがったとよ。捜査主任官が下手を踏まなきゃ、そこらの事情も掘り下げられただろうにな」

舌打ちしてから、長下部は鳥越をじろりと見やった。

「おまえ、ミサヲが十雪の教えを芯から信じていたと思うか？」

「思いません」

鳥越は即答した。次いで「三ツ輪さんは、女性に甘い人でしたか？」と長下部に問いかえす。

「あ？　なにが言いたい」

「いえね、あの手帳じゃ、ミサヲはまるで魔性の女扱いだ。でもおれから見りゃ、よくいるタイプの女ですよ」

鳥越は薄く笑った。

「テリトリーの一番偉い男に魅力を感じ、そいつにぶら下がって、自分まで偉くなった気になる女だ。十雪が早死にしたのは、想定外だったでしょうな。機会さえありゃ都会の男に乗り換えたかったろうが、二人のコブ付きで、歳も歳だった。晩年は『うまく立ちまわったつもりで、はずれを引いた』と毎日悔やんでいたことでしょう」

「つくづくおまえは、ツラしか可愛くねえな」と長下部。

「ツラは可愛いと思ってくれてるんですね」

鳥越は己の頰を撫でた。

「まあ、可愛いと言われて喜ぶ歳じゃありませんが」

「不愉快か？　じゃあ次から〝可愛い〟はやめるぞ」

「やめないでください。長下部さんに言われるのは嬉しいですよ。あなたはおれの索漠とした捜査生活での、貴重なオアシスです」

「おまえ、マジで鳥越一彦さんの息子か？」

長下部が呆れ声を出した。

「こんなに口の減らんやつははじめてだ」

「実の息子ですよ。悲しいことに」

「向こうも、おまえが息子で悲しかっただろうよ」

「でしょうね」

殊勝にうなずき、鳥越は窓の外を見た。

数日ぶりの晴天である。夏特有のあざやかに濃い青が、視界いっぱいに広がっていた。

3

二十五年を経た宝生冨美は、ちんまりとした老婆になっていた。今年で七十八歳のはずだが、実年齢より老けて見える。

おそらくは白髪と、日焼けのダメージによる皺のせいだろう。『十雪会』の教えでは、白髪染めも日焼け止めも禁止であった。ただし「辻の愛人は除く」との注釈が付くようだが。

「ハーブティーでよければ、お茶をお出ししますね」

そうにこやかに言うのは息子の虹介だ。

「公務中ですから、お気持ちだけで結構です」

同じほど愛想よく鳥越は断った。

ハーブティーはむろん市販品ではない。自家栽培のミントやローズマリーの葉を乾燥させ、煮出して飲むのだそうだ。

完全自給自足はやめたものの、生活の大半はいまも工夫で賄っている。肉や菓子などは、普段からほとんど食べないらしい。

「虹介さんたちは、以前は県庁所在地で暮らしておられたとか？」

鳥越は切りだした。

「この村へ戻られたのは、いつです？」

「六年前です。妻の死をきっかけに帰郷しました」

虹介は、凪(な)いだ瞳をした中年男性だった。

作務衣(さむえ)でなくTシャツにチノパンツなのは、街暮らしの名残りだろうか。目じりの笑い皺が、眼鏡のレンズ越しにも深い。

「虹介さんは二世会員ながら、最初から就籍されていましたね。また一般女性と結婚したり、市街地で就労したりと、村の外に生活基盤を築いておられた。失礼ながら、よく戻る気になりましたね」

「いやいや。最初から、いずれ帰るつもりでいたんです」

虹介は手を振った。

「妻も結婚当時は、『十雪会』の理念に共鳴していたんですがね。歳とともに意見が変わっていきまして……。こう言ってはなんですが、もし妻が存命なら、帰郷はかなわなかったと思います」

　妻とは正式に結婚した。しかし蓮華の出生届は、村の掟どおりに提出しなかった。天馬たちが就籍したとき、ようやく一緒に戸籍を作ったという。それに懲りたか、次女の菫はほぼ通常の手続きで出生届を提出している。

「娘さんたちは、帰郷に反対しませんでしたか？」

「上の娘は反対でした。しかし最後には納得してくれましたよ。下の娘は、逆に聞き分けがよくってね。順応力が高いので助かります」

「ほう。しかし、街に比べたら圧倒的に不便でしょう」

「住めば都ですよ。たとえば車は、國松さん家の軽トラを三軒でシェアしています。慣れればシェアで充分なんですよ。買い出しや通院だって、みなで協力し合えばなんてことはない。横の繋がりが強固なぶん、都会よりずっと暮らしやすいです」

「なるほど」

　納得したふりをし、鳥越はつづけた。

「現在、十雪集落で運転免許証をお持ちの方は何人です？」

「えーと、ぼく、天馬さん、綺羅さん、陽子さん。その四人ですかね」

「天馬さんと綺羅さんは、いつ取得されたんでしょう？」

「いつだったかなあ。でも就籍して二、三年後には、もう持ってたと思いますよ」

　あとで裏を取ろう、と鳥越は考えた。この男はどうも舌の滑りがよすぎる。

「ところで、誘拐犯からの二通目の封書を発見されたのは、虹介さんで間違いないでしょうか？」

「はい。ぼくが庭先で見つけました」

「駐在所に届ける前に、天馬さんたちに見せたとお聞きしました。見た順番は、あなた、天馬さん、飛竜さんの順ですか？」

「うーん、どうでしたかね。ぼくが見つけて、母を呼んで……。ああそうだ、母が『まず辻さんのおうちに報せて、どうするか訊こう』と言ったんです。だから母が辻家に、わたしが國松家に連絡しました」

　二十五年前と同じ図式である。寧々ちゃんの遺体を発見したときも、富美は警察より先にみち子に報せている。

「なぜ國松家にも連絡したんです？」

「なぜって……。そりゃあ天馬さんに報せたなら、飛竜さんにも平等にしないとね。こんなつまらないことで、ごたごたしたくない」

「天馬さんと飛竜さんは、いまも仲がよろしくないんですか？」

「いやあ、大丈夫ですよ」

　虹介は言下に答えた。

「いっときほど悪くないです。さっきも言ったように車をシェアしたりと、協力体制で暮らしていますしね。第一、みんなもう大人ですから」

「そうですか」

首肯してから、鳥越は冨美に顔を向けた。

「冨美さんも、このたびは大変でした。二十五年前、寧々ちゃんの遺体を発見したのはあなたでしたよね。恐ろしい記憶が、いやでも掘り起こされたでしょう」

「はい、それはもちろん……」

口をもぐもぐ動かし、冨美は言った。

「でも今回は、わたしはなにも見てませんもの。元刑事さんの死体を見たのは天馬さんでね。わたしは、今回はなにも」

「夜は眠れますか？　うなされたりしてませんか」

「大丈夫です。昔と違って、いまは一人じゃありませんしね。家に、あの子たちもおりますし……」

「ですよね。あの頃のあなたは、みち子さんに頼るしかなかった。さぞ心細かったことでしょう」

鳥越は微笑してから、問うた。

「当時はみち子さんとミサヲさんの両方にお声がけして、〝平等を期す〟ことはしなかったんですか？」

冨美がうつむいた。

「ミサヲさんは、まあ、そういうことに向いた人でなかったから」

「あのう、なんて言うんでしょ。汚れ仕事をする人でない、というか……。それにミサヲさんは、わたしが声をかけようがかけまいが、気にもしませんよ。むしろ鬱陶しがったでしょう」

「なるほど。ミサヲさんはそんな態度でも許された。それは、辻十雪さんのご贔屓だからですか？」

「まあ、そうですね」

「でも辻さんの愛人は、ほかにもおられたようだ。みなさん、ミサヲさんのような態度の方でしたか？」

「いいえ、そんな」

冨美は大きく手を振った。

「そんなことありませんよ。キクコさんもヨリエさんも、おとなしい方でね。とくにヨリエさんはわたしと同じ境遇で、あの頃はたいそう親しく……」

「同じ境遇？」

鳥越は聞きとがめた。

言葉に詰まった冨美に替わり、虹介が答える。

「わが家と同じく、父親――というか、夫のほうが教義に熱心な家だったんです。配偶者がまず十雪先生に心酔して、先に移住し、あとでヨリエさんが合流したわけです。あとから来た者は、どうしても慣れるまで時間がかかりますからね。母はヨリエさんと助け合いながら、村に馴染んでいったんです」

「ほう。ちなみに虹介さんは、何歳のときこちらに?」

「ぼくは病院生まれですし、街と村を行き来するイレギュラーな存在でしたからね。だから、何歳とも言えません」

　虹介は苦笑した。

「とはいえどこにいようが、会員は会員ですよ。父もぼくも先生の教えに沿って暮らしていました。居住地で、信仰心は左右されません」

「でしょうね。べつに疑ってはいません」

　鳥越は笑顔で応じ、

「それはそうと、キクコさんやヨリエさんのフルネームをお聞かせ願えますか?」

　手帳を出し、ペンを構えた。

「もうほとんどが故人ですよ。捜査に関係ありますか?」虹介が言う。

「ないかもしれません。ですが、どんな些細な情報でもいまは貴重なんです」

「いいんよ、虹介。言います」

　冨美が割って入った。

「ええと、キクコさんの苗字は……ああそうそう、スギサキさんだわ。スギサキキクコさん。それから、カワゾエカヨさん。ヨリエさんの姓は、ええと……」

冨美はつっかえつっかえ、六人の名を挙げた。

杉崎菊子。川添香代。堤依江。長浜ゆう子。五味静香。木暮久美子。全員が既婚者で、七〇年代後半の頃に二十代から三十代だったという。

「夫婦とも会員な方もいれば、旦那さんを置いて家出してきた方もいましたね。当然ながら、みなさん美人でした」

「これを言うのは、失礼かもしれませんが」

と鳥越は前置きして、

「辻さんの女癖に、嫌悪感を抱く会員はいなかったんですか？　会のトップが既婚の女性会員を愛人にするなんて、どう考えても不道徳だ。教養にも反していたのでは？」

「まあ、英雄色を好むと言いますしね」

冨美は淡々と答えた。

「いまとなれば、刑事さんの意見がまっとうですけどね。あの頃は十雪先生が絶対だと思ってましたから。人間なんていい加減なもので、『これはこうなんだ』と目上の人に強く言われたら『ああそうなんだ、そうかも』と流されてしまうものですよ。まわりがみな同じ価値観なら、目を覚ますきっかけもないですしねえ」

「いまは、目を覚まされました？」

「時間が経ちましたから。でも、どうでしょうね」

冨美は遠い目になった。

「虹介さん、あなたはどうです？」

　鳥越は虹介に顔を向けた。

「都会から村へ戻ったのは、いまも『十雪会』の教義を信奉しているからですか？」

「信奉してますよ。あの頃ほど、全肯定はしていませんが」

　虹介が眼鏡の奥で目を細める。

「この歳になると、街暮らしはせせこましくてね……。長女は体が弱いですし、空気のきれいなところで過ごさせたかった。結局のところ、ぼくは村の人間なんですよ。街の価値観には、完全には馴染めずじまいだった」

「そういえば二十五年前の『安城寧々ちゃん誘拐殺人事件』の際、あなたは警察と揉めたそうですね？」

「揉めたというか……顧客の個人情報を出せと強硬に言われたもので、事務所の先生と抗議しただけです。それが思いのほかマスコミに騒がれたんですよ。いまも、あの抗議は正当だったと思っています。警察は強引すぎた。まるで『十雪会』を目のかたきにしているかのようでした」

「当時の無礼は、お詫びします」

　鳥越は頭を下げた。虹介が苦笑する。

「あなたに謝ってもらってもしかたない。あの頃、あなたは警察官ですらなかったでしょう。まだ未成年だったはずだ」

「まあ、そうですね」

　素直に鳥越は引き、質問を変えた。

「二十五年前に安城寧々ちゃんが遺棄されたとき、発見者は冨美さんでした。そして先日、同事件にかかわった元刑事が殺され、孫娘が誘拐された。その犯人からの二通目の封書は、やはり宝生家の庭先に届けられた……。この流れをどう思います？」

「どう、と言われてもね。わかりません」

　虹介は首を振って、

「ですが、誰かの思惑は感じますね。ぼくは一種の弾圧行為では、と疑っています」

と言った。

「世間が『十雪会』に再注目することによって、ぼくたち残党を完全に叩きつぶしたい勢力があるのでは、とね。陰謀論と笑われそうですが、行政に目を付けられているのは事実ですから」

「では三ツ輪楓花ちゃんは、あなたがたへの弾圧の巻きぞえを食った、と？」

「そう断定してるわけじゃないですよ。あくまで勝手な仮説です」

　虹介はぬるりと逃げた。

　鳥越はさらに問いを変えた。

「ところで、塙乙次さんを最近見かけましたか？」

「乙次さん？　いいえ」

一瞬、虹介はきょとんとした。しかしすぐにうなずき、己の膝（ひざ）を打った。

「ああそうか。乙次さんが元刑事さんを殺した、とお考えですか。すみません、乙次さんの名は、ここ数年思いだしもしなかったから……」

塙殺害の件は、特捜本部の判断でまだマスコミに伏せてある。これが演技ならば、たいした役者であった。

質問を切りあげて宝生家を去る直前、鳥越はふっと窓の外を見た。

「虹介さん、あの農機具小屋は誰のものですか？」

粗末な木造小屋の上を、数羽の鴉が旋回していた。

「あれですか？　辻さん家の小屋です。というか天馬さんの小屋ですね」

虹介は答えた。

「あれがどうかしましたか？」

「いえ、手入れがいいなと思いまして」

鳥越は笑みを返し、長下部をうながして外へ出た。

4

宝生家を出てすぐ、鳥越は水町宛てにメッセージを送った。

辻十雪の愛人六人の名を記し、「暇を見つけて、過去四十年間のデータベースに当たってほしい」と頼んだのである。

「おい。辻の愛人になぜ興味を持つんだ？」

長下部が問うてきた。

送信ボタンをタップし、鳥越は答えた。

「ミサヲは癖の強い女です。自分と同等の存在が六人もいることを、すんなり容認していたと思えませんのでね」

無事送信されたことを確認し、スマートフォンをしまう。

「――辻みち子だ」

長下部が低く言うのが聞こえた。

顔を上げると、総白髪の老女が家から出てくるところだった。手押し車を押しながら、腰を曲げてよたよたと進んでいる。

待ちかまえていたのか、数羽の鴉が飛んでくるのが見えた。

老女の――いや、みち子のまわりを飛びまわりはじめる。鳥越には、どれもはじめて見る鴉だった。この村を縄張りにする鴉たちに違いない。

みち子は切株に腰を下ろした。

腰に提げていた袋に手を入れる。なにやら摑みだしたかと思うと、道にぱっと撒き散らす。

餌だった。匂いに惹かれたか、鴉がさらに集まりだす。鳥越の眼前で、みるみる増えていく。みち子が撒く餌に群がり、集まり、黒い嘴でわれ先にとついばむ。

「すげえ数だな」

長下部が呻いた。

「飼ってるわけじゃなさそうだが……。たかが鳥でも、あれほどの大群ともなりゃ気味が悪いぜ」

「ええ」

鳥越は生返事をし、農器具小屋の上を見やった。

小屋の屋根に、数羽がとまっている。餌を撒くみち子には目もくれない。そのうち一羽は、例のボス鴉であった。

目でボスに礼を告げ、鳥越は農器具小屋に歩み寄った。

扉は半びらきだった。南京錠はかかっておらず、ぶら下がっているだけだ。鳥越は振りかえり、相棒を手まねいた。

「長下部さん」

みち子が彼らに目を向ける様子はない。ぼんやりと餌を撒きつづけている。

寄ってきた長下部に、鳥越は小屋の中を指した。

窓もなく薄暗いが、射しこむ陽光で棚や木机が見える。壁ぎわの棚には道具が並べられ、そのうちのひとつに玄能があった。

ただの玄能ではない。片側が釘抜きでなく釘締めになった、先切玄能だ。二人は無言で目を見交わした。

だが次の刹那。

「……なんです？」

背後からいぶかしげな声がした。

鳥越は瞬時に振りかえり、

「――辻天馬さんですね？」

と警察手帳を示した。

鳥越も長下部も、警察の釜の飯を食って長い。いかに驚こうが、無表情にしれっと応答できるだけの経験は積んでいる。

眼前の男は六十歳前後に見えた。

背が高く肩幅も広く、赤銅いろに日焼けしている。太い眉に二重まぶたで、くっきりと整った顔立ちだ。

――なるほど。いい男だな。

鳥越は納得した。三ツ輪が手帳に何度も「男前」と書いただけのことはある。みち子と辻のいいとこ取り、と言っていい容貌である。

「県警捜査一課です。すこしお話させてもらえますか？」

「お話なら、とっくに何度もしましたよ」

「わかってます。ですが前にお邪魔した者とは、また部署が違いましてね。融通のきかないお役所仕事というアレでして、申しわけありませんが、わたしたちとも是非お話を……」

鳥越の体を盾に、長下部が先切玄能をスマートフォンで撮る気配がした。シャッター音は、まくしたてる鳥越の声でうまくまぎれた。

「鼠（ねずみ）が多いようですね？」

天馬が提げている籠を、鳥越は指した。スチール製の鼠用捕獲籠だ。

「鼠にも野鳥にも困ってますよ。母がとくに鼠嫌いでね。粘着テープだの捕獲籠だのを、何個も仕掛けたがるんです」

「集落じゃ、いまだに殺虫剤も殺鼠剤も禁止ですか？」

「いいえ、ある程度はもう解禁してます。ＪＡにも加入していますしね、向こうの規格どおりの野菜を作るには、やっぱり農薬が必要ですから」

「反発する人はいないんですか？」

「飛竜さんは、最初は面白くないようでした。でもいまは割り切ってます。虹介さんも、うるさいことは言わん人です。いまだに文句を言ってるのは朱火だけですよ。……親父の一番の崇拝者は、結局あいつだったなぁ」

天馬が苦笑する。

鳥越は笑みを返し、尋ねた。

「三ツ輪勝也さんの遺体を発見したときのことについて、お聞かせ願えますか？」

「朝の、六時ちょっと前でした。畑に行こうとしたとき、見慣れん車が停まっていたから覗きこんだんです。……そしたら車にもたれるようにして、あの人が、こう」

「死んでいると、一目で気づきましたか？」

「血が見えたんで、最初は怪我かと思いました。ですが、ぴくりとも動かないもんですからね。こりゃまずいなと」

「被害者の三ツ輪さんは、元刑事でした。二十五、六年前にも『賀土老夫婦強殺事件』および『安城寧々ちゃん事件』の捜査でこの村に訪れています。当時あなたとも会ったはずですが、あのときの刑事だと気づきましたか？」

「いやあ。すみませんが、全然です」

天馬は手で額を拭った。

「死体とわかった時点で、すぐ離れましたからね。顔なんかろくに見んかった。こう言っちゃなんだが、死体はこりごりですよ。警察沙汰にもマスコミにも、なにもかも懲りてます」

「それは二十五年前の、『寧々ちゃん事件』のことですね？」

鳥越は確認した。天馬が目線を下ろす。

「……あの事件の話は、わが家じゃタブーなんです。遺体の発見が、母にはじわじわとトラウマになったようでして……。あの日を境に、認知症が急激に悪化しました。ここ数年は、おれの顔もろくにわかりません」

彼の目は悲しげだった。

「兆候が出たとき、さっさと病院に連れていくべきだったんでしょう。でも知ってのとおり、この十雪集落はね……」

「ええ、西洋医学を否定していた」

鳥越はあとを引きとった。

「お気持ち、お察しします。ところで失礼ながら、ご結婚されなかったんですね？」

「してどうなります」

天馬が唇を歪(ゆが)める。

「辻十雪の血は、絶えるべきですよ。さいわい飛竜さんと陽ちゃんにも、綺羅と朱火の間にも子はできんかった。これこそ天のご意志ってやつです」

吐きだすような口調だ。本心に聞こえた。

「ところで塙乙次とは、最近お会いになりましたか？」

「乙次さん？　あの人は、とっくに村とは関係のない人ですよ。朱火だって、姉さんと付き合いを絶ってずいぶん経ちます」

「塙がお嫌いなようですね」

「好きになる理由がないもんで」

そっけなく天馬は言った。

「子どもの頃は遊んだこともありましたが……。村を出てから、どんどん不良になっちまってね。気づいたときには、手が付けられんかった。二度と、かかわりを持ちたくない相手ですよ」

彼もやはり、塙の死を知らないように見えた。

鳥越は礼を述べ、長下部とともにその場を離れた。

スマートフォンを確認すると、科捜研から返事が届いていた。メッセージにざっと目を通す。

読み終えて、鳥越は長下部に声をかけた。

「長下部さん。データベースによれば、辻の愛人だった堤依江は四十二歳のとき売春で逮捕されています。また五味静香は殺人未遂事件の被害者です。刺したのは元夫で、『妻が不特定多数の男と性交渉したため、口論になった』と供述しています」

「売春に、不特定多数の男と性交渉か……」

口の中で唸った長下部に、

「延成会のシノギはなんです？」

鳥越は問うた。

「土地転がしのたぐいは、暴排条例で難しくなった。末端じゃダフ屋や転売でセコく稼いでる組もあるが、メインはやはり覚醒剤(かくせいざい)、特殊詐欺、闇金(やみきん)の元締め……。それに、管理売春だわな」

「菫ちゃんから、『十雪会の教え』を教えてもらったんです」

　鳥越は言った。

「男尊女卑思想が丸出しな教義でしたよ。辻十雪は金と権力が好きな小悪党で、根っこには女性蔑視（べっし）が染みついていた。そんな野郎が会員として、自分の自由にできる女性を複数抱えたんだ。その果ての外貨稼ぎと言やあ、相場は決まってますね？」

「……あの六人は、ただの愛人じゃなかったんだな」

「ええ。手も付けてはいたでしょうが、メインは売春だ。野郎、延成会を通じて、彼女たちに体を売らせていたんです」

　苦い顔の長下部に、鳥越は肩をすくめて見せた。

「全員既婚者だってのが、またふるってますよ。最近の裏風俗での人気ナンバーワンは妊婦だそうです。普通の女に飽きたやつは、人妻だの妊婦だのを買うことに背徳的な魅力を感じるんだ」

「一盗二婢三妓四妾五妻（いっとうにひさんぎししょうごさい）、ってやつか」

「さすが長下部さん、教養がおありだ」

　鳥越は手を叩いた。

　一盗二婢三妓四妾五妻とは、男心をそそる女性を順につらねた言葉だ。盗は人妻、婢は家政婦や使用人、妓は娼婦、妾は愛人、妻は正妻。つまり後ろめたい相手ほど興奮する、との意味である。

「辻の野郎は、主婦売春の斡旋をしていた。となればミサヲが小金を持っていた理由もわかります。辻の生前か死後からかは不明ですが、ミサヲもやっていたんでしょう。他の女性たちとは違い、彼女の場合は自主的に、ね」

「ううむ……」

唸ってから、長下部は声を落とした。

「おまえ、これが『菰田市議殺し』に繋がると思うか？」

「可能性は充分でしょう。菰田市議は、市議会と延成会の癒着を告発しようとしていた。金の横流しや女の斡旋は、古今東西もっともポピュラーな汚職です。その後に入った横槍からして、もっと大物の関与もあったかも」

「くそ」

長下部は足もとの石を蹴った。

「主婦売春だと？　薄汚ねえ話だぜ。なにが自然回帰だ。なにが反資本主義だ」

「会員のほとんどは、純真な人たちだったはずですがね」

鳥越は取りなすように言った。

「おそらく堤依江は、『十雪会』の瓦解後もマルBとの縁を断てなかった。また五味静香は、過去の過ちをもとに夫に刺された。辻のせいでどれだけの人間が不幸になったかわかりません。野郎、いま頃は地獄に落ちてるでしょうよ」

「地獄の中でも、一等地の地獄にいることを願うぜ。……で、どうする？　いまの話を上司に報告するか？」

「いえ。『菰田市議殺し』は長下部さんのものですよ」

鳥越は微笑(ほほえ)んだ。

「おれは根っからの猟犬でしてね。目の前の獲物以外は、どうだっていい」

「ふん」

長下部が鼻から息を抜く。

頭上は抜けるような青空だった。時刻はそろそろ正午近いらしい。太陽がてっぺんに昇りつつある。

「変な話だがな。おれはおまえが好きになってきたぜ」

「いま頃ですか？　遅いですよ」

「特殊な魅力に気づくのが遅れた。すまんな」

「ま、エナドリ一本で許します」

応えたとき、鳥越のスマートフォンが鳴った。ＳＮＳのメッセージだ。送信者は、また も科捜研の女性研究員だった。

メッセージの出だしは「鳥越くんにだけ、先に教えてあげる」。

全文を読み終え、鳥越は顔を上げた。

「長下部さん。封書に付着していた唾液の鑑定結果が出ました。楓花ちゃんのＤＮＡ型と一致したそうです。これで楓花ちゃんの生存率は、ぐっと上がった」

「おお」

長下部の目が輝いた。

「やったな。ここ数日で一番の朗報だ。おまえを思いきり抱きしめていいか？」

「遠慮します。代わりにエナドリで乾杯しましょう」

「ああ、今夜は祝杯だな」

同意する声が弾んでいる。

長下部の肩越しに、農機具小屋の屋根から飛びたつボス鴉が見えた。

5

五十代なかばになった綺羅は、天馬よりさらに日焼けしていた。

目じりや額の皺が、刻まれたようにくっきり深い。その代わり、痘痕（あばた）のほうは目立たなくなったようだ。

二十五年前、二股（ふたまた）作業靴に付いた鼻血の件を彼は覚えていた。

「あれは、うーん……。まあいまなら言ってもいいか。二十年以上経ってますしね。だどもこれは、おれが言ったたって内緒ですよ」

彼は声をひそめた。

「じつは、あれは……陽ちゃんが不正出血したんです」

「不正出血」

　鳥越は思わず繰りかえした。

「ということは、婦人科系の病気ですか」

「病気というか、うーん。おれもそっち方面は詳しくないんですが」

　綺羅は頭を掻いて、

「あの頃の陽ちゃんは、子どもを欲しがっとったんです。けど兄貴は言葉がきついタチだから、相談しづらかったようでね。なんとなくおれが愚痴を聞いてやってたんです。それでも陽ちゃんはストレスを溜めてたようで、ホルモンバランスがどうとかで」

「不正出血することがよくあった？」

「ええ。あの作業靴は、おれがあとで洗おうと思って畑に隠してたんを、見られてしもうたんです。……そういえば天馬さんが見つけた死体って、あのときの刑事さんらしいですね？」

「ええ。どんな方か、覚えておられます？」

「真面目で、熱心な刑事さんだったと記憶してますよ。そういえば、お孫さんはまだ取りもどせていないんですか」

「残念ながらね」

「そうですか……。犯人は、ろくなやつじゃねえや。子どもにひどいことをするやつは、みんな死刑にしちまやぁいいんだ」

綺羅の目は、昏い怒りをたたえていた。

「おれたちも兄貴夫婦も、子宝には恵まれんかった。だども、四人とも子ども好きなんです。世の中ってのはうまくいかねえもんだ……」

そう彼が嘆息したとき、背後から影が近づいた。

綺羅の兄、飛竜だった。

いまだに痩せ型の綺羅とは違い、腹がでっぷりと突き出ている。典型的な中年肥りだ。禁欲的な教えからは、いまは完全に遠ざかっているらしい。

「綺羅さんからお話をうかがっていたんです。飛竜さんもよろしいですか？」

「ああ、いいよ」

飛竜はすんなり答えた。二十五年前は尖っていた彼も、就籍やＪＡ加入などを経て丸くなったらしい。

そのベルトに下がった腰袋に、長下部が目を向けた。

「その金づちは、村のみなさんが使ってるんでしょうか？」

腰袋から覗いていたのは、先切玄能であった。曲尺、鎌、懐中電灯などとともに、無造作に挿してある。袋の一部が破れ、尖った釘締め部がよく見えた。

「ああ、これか」

飛竜は首を縦に振った。

「こっちの地方じゃあまり見んけども、西のほうじゃよく使う玄能らしい。昔、関西で大工をやっとった人が会員にいてな。その人が流行らせた……というか持ちこんだんだ。慣れちまえば、便利なもんさ」

「ほう。かなり大きいですね」

感心するふりをして、鳥越は近づいた。確かに大きい。頭径二十七ミリはありそうだ。塙殺しおよび寧々ちゃん殺しの凶器と同種に見える。

「では村というより、会で……」

尋ねかけ、ふと気づく。

綺羅がこちらを見ていない。窓の外を凝視している。鳥越は、彼の視線を追った。

——天馬だ。

いや、天馬と女性だ。十数メートル先の畦道(あぜみち)で話しこんでいる。やけに顔と顔が近く、親密そうである。

——さっき見た陽子ではない。では、あれは朱火か？

朱火は綺羅の妻である。横顔しか見えないが、五十代にしては若々しかった。

自分の妻と天馬が話しこむさまを、綺羅が食い入るように見つめている。

鳥越は飛竜に尋ねた。

「会員には、関西出身の方もいたんですね？」

「いろいろおったよ。みち子さんだって母方が東北の人だとかで、ときどき訛(なま)りが出よる。

いた。

吾郎さんは、実家が九州だって言っとったなあ」

綺羅はやはり、こちらを見もしない。心なしか頬が青ざめている。

鳥越は長下部に視線を向けた。彼も綺羅の様子に気づいていたらしく、心得顔で顎を引いた。

鳥越と長下部は、いったん分かれた。

長下部は綺羅の張り込みである。鳥越は、天馬と朱火担当になった。

畦道に向かいかけ、思いなおして足を止める。早足で、鳥越はいま来た道を戻った。

みち子がいた。

先刻見たときと、ほぼ変わらぬ姿勢だ。切株に腰を下ろし、ゆっくり、ゆっくりと餌を

投げている。機械的な動作だった。彼女のまわりでは、二十羽近い鴉が無心についばんで

いる。

鳥越は、みち子が投げた餌を見下ろした。

刻んだ生肉に見えた。大きさからして、捕獲籠にかかった鼠か雀だろう。籠ごと水に浸

けて殺したのち、こまかく切って餌にしているらしい。

――鴉たちは、肉に惹かれて来ているだけか。

鳥越はほっとした。と同時に、心の隅で落胆もしていた。

みち子が己の同類ではなかったという安堵。やはり自分に仲間はいないのだという落胆。

ふたつの相反する感情が、胃のあたりでとぐろを巻く。

群れの中に、例のボス鴉はいなかった。みな、この村の〝地付き〟だろう。全羽がハシブトガラスであった。

鳥越は鴉たちを見つめた。

群れのうち、若い一羽の雄が、ふっと餌をついばむのをやめた。首をもたげる。黒いビー玉のような瞳で、鳥越を見やる。

羽を広げ、若い雄ははばたいた。

鳥越の頭上をゆっくりと旋回する。
二、三度飛びまわったのち、雄は鳥越の肩にとまった。肩に鉤爪を立てぬ、やさしいとまりかただった。
次いで、壮年の雌が飛びあがった。同じくはばたき、鳥越の腕にとまる。

三羽目、四羽目とつづいた。

みち子から離れ、みるみる鳥越のまわりに集まってくる。たかり、群れ、親愛の情を示すかのように、黒い羽を彼の足に擦り寄せる。

「よしよし。……ありがとうよ」

鳥越はささやいた。

「いまは餌をもらったばかりで、腹いっぱいだよな？　だが夕飯はおれのところへ来い。コンビニで、おまえらの好物を買っておいた。今晩はおれと飯を食おうぜ」

応じるかのように、壮年の雌が「アア」と鳴いた。

その声に、微妙に低い鳴き声が重なる。

鳥越は顔を上げた。電線に、ボス鴉がとまっていた。

しばし、ボスと鳥越は見つめあった。

鳥越のまわりに群れていた鴉たちが、いっせいに飛びあがる。「アア」「アアア」と鳴きながら、羽音を立て、散り散りに飛んでいく。

ボス鴉はいまだ、鳥越を見下ろしていた。その瞳が静かに語っていた。

――おまえは、なにか見落としているぞ。

と。

鳥越はつぶやいた。

「だよな」

「おれも、そんな気はしている」

――だがそれが、なんなのかがわからない。

情報のかけらは脳内で渦を巻いている。小金を貯めこんでいたミサヲ。先切玄能。天馬と朱火を見つめる綺羅の目つき。みち子。富美。六十一歳にして仮釈放され、社会に放りだされた塙。

――二十五年前ですら、塙は酒一本買うために弟を頼った。

――『稗木田事件』でも、ろくな相棒と組めなかった。

――人望がなく、寄る辺ない塙は、六十を過ぎてなにを思った？

みち子はなぜ、黒のセダンを見て取り乱したのだ？　冨美が言った「ヨリエさんはわたしと同じ境遇」の意味は？

三ツ輪はなぜ殺された？　楓花はどこにいる？　塙殺しと三ツ輪殺しと、楓花を誘拐した犯人は同一人物なのか？　安城寧々ちゃん殺しと繋がりはあるのか？

鳥越は、ボス鴉から視線をはずした。

スマートフォンを取りだす。ＳＮＳアプリを立ちあげ、女性研究員宛てのメッセージを両手で打ちこむ。

末尾に「頼みごとばかりで悪い。今度デートしよう」と付けくわえ、送信した。

ふたたび空を見上げる。

ボス鴉の姿は、とうにかき消えていた。

第五章

1

鳥越が畦道に着くと、天馬は去ったあとだった。

だがさいわい朱火は残っていた。

「國松朱火さんですね？」

声をかけながら近づく。

朱火は鳥越を見て、一瞬目を見張った。すぐにふっと笑い、「ああ」と納得顔でうなずく。

「あんただね、陽子さんが言ってた『気味悪いほど美形の刑事』って」

「気味悪いって、ひどいな」

鳥越は苦笑した。

「とはいえ、そう言われるのははじめてじゃない。おれのツラは受けがいいときと、悪いときが極端でしてね。どうやらこの村では後者らしい」

「あたしになんか用？」

「用というか、お話を聞きたくてね。捜査のためです」

「天馬さんが見つけた死体のこと？」

「そうです。殺人および誘拐の捜査ですよ。元刑事が殺されただけじゃない。彼の孫娘がさらわれました。その子のために、協力してもらえませんか？」

「ああ――、それは、うん」

朱火はほつれ毛をかきあげた。

三ツ輪が〝ちんくしゃ〟と形容した顔は、年月を経ても変わらないようだ。ちいさな顔の中心に目鼻が集まっている。けっして美人ではないが、老けづらい顔だ。全身に、どこか天性のコケットリーがあった。

「まだ七歳だって？　かわいそうに。早く見つけてあげなきゃね」

まぶたを伏せた朱火に、鳥越は尋ねた。

「先切玄能は、この村ではよく使われているんですか？」

「サキキリ……？　なに？」

朱火がきょとんとする。

「金づちですよ。トンカチです。こっち側で釘を叩いて、反対側で釘締めをする金づちがあるでしょう」

一瞬、朱火の瞳が揺れた。だがすぐに気を取りなおして、

「ああ、あれね。あんなん、十雪集落のもんなら一家に一本持っとるよ」と言う。

「十雪集落にだけですか？　塙家はどうです」

「知らん」

言下に朱火は言った。

「あたしは……知らんよ」

語尾が消えた。答えるタイミングが早すぎたと、本人も気づいたらしい。気まずそうに目をそらす。

——ふん、なるほど。

鳥越は内心で首肯した。

やはり自分が朱火を担当して正解だった。この女はなにか知っている。

——正確には、塙がもう生きていないと知っている。

「『知らん』とは、なにに対してのお答えです？」

鳥越はわざとゆったり問うた。

「あなたのお姉さんは、塙家に嫁いでおいでだ。塙家を知らない、家内事情を知らないということはあり得ませんよね？」

「お義兄さん以外はよく知らん、と言いたかっただけよ」

朱火が逃げる。

「ではお義兄さんは、先切玄能をお持ちでした？　それはご存じですよね？」

「持ってたって、おかしいことないでしょ。姉ちゃんが実家から持ちだしたんよ」

「かもしれませんが、先切玄能はこの村にまつわる事件群と関連が深くてね。『賀土老夫婦強殺事件』をご存じですか？　二十六年前に、下志筑郡賀土町で発生した強盗殺人事件です。土地持ちの富裕な老夫婦を鈍器で殴打して殺し、金を奪うという残忍な事件でした」

朱火は答えなかった。鳥越はさらに尋ねた。

「お義兄さんは、いまどうされています？」

「癌で、入院中」

絞りだすような声だった。

「ほんとうよ。疑うなら、市民病院に問い合わせて。……もう、長かねえわ」

「ではお姉さんは？」

「姉ちゃんも寝たり起きたりよ。お義兄さんが倒れてから、鬱がひどくなって」

――つまり塙は出所後、弟夫婦を頼れない状況だった。

塙は二十六年前、弟の家から先切玄能を持ちだしたのか。鳥越は思案した。では『賀土事件』でのやつの相棒は、弟だった？

しかし塙の犯行は凶悪すぎた。弟は怖気づき、その後は共犯に誘われても断った。しかたなく塙は『稗木田事件』でぼんくらと組み、あえなく逮捕された。

――塙が頑なに『賀土事件』を自白しなかったのは、弟をかばうためか。

「天馬さんと、なんのお話をしていたんです？」

鳥越は質問を変えた。

朱火が目に見えてほっとする。

「みち子さんの具合を聞いただけよ。あの人は、集落全体のお母さんみたいな人だったしね。あたしも三日にいっぺんくらい、煮物や汁物を持って通っとるの」

「鴉に、餌を撒いてるところを見ました」

「ああ。……あれ、鼠の肉よ」

朱火は顔をゆがめた。

「みち子さん、籠にかかった鼠を溺れさせて、皮を剥いで、ああやって鴉に食べさすの。あたし、天馬さんに『やめさせて』って何度も言っとるんよ。だってみち子さん、あの餌やりをはじめてから、どんどんおかしくなったもん」

「医者には診せたんですか？」

「ふん、医者なんか」

鳥越の問いに、朱火が吐き捨てる。

「あいつら、薬で金もうけしたいだけよ。うちの姉ちゃんがいい証拠。鬱の薬出されて毎日飲んどったけど、ちぃともよくならん。お義兄さんだって、弱ってくばっかり。十雪先生の言うとおり、医者なんかに病気は治せんわ」

「では天馬さんとは、みち子さんの話をするだけですか？」

「だったらおかしい？」

「おかしくはありません。ですが、あなたと天馬さんはかつて交際しておられた」

「なにそれ。いつの話してんのよ」

朱火が犬歯を剝きだす。

「あたしがいまさら、天馬さんと浮気してるとでも？　ふん、阿呆くさ。あの人はあたしなんか相手にせんわ」

「綺羅さんはそう思っていないようですが？」

この言葉は効いたようだ。朱火の顔いろが変わった。

「綺羅ちゃん、なんか言っとった？」

「言いはしませんがね」

鳥越は肩をすくめた。

「言葉にしなくても、伝わるものはあります。あなただってそうでしょう？　ここ数日の綺羅さんから、なにか感じるものがあったのでは？　ほんとうは天馬さんに、それを相談したいんじゃないですか？」

「違う」

朱火はいまや、唇を震わせていた。見ひらいた目に怯えが浮いている。

「なにが違うんです？」

「なら——なら、言うわ。『賀土事件』よ」

叫ぶように朱火は言った。

「あの事件は、お義兄さんが乙次さんと組んでやったんよ。だども、言いわけさせて。二十六年前はあたしも知らんかったの。知ったのは、つい最近よ。けど姉ちゃんは、ずっと前から知っとった。姉ちゃんがなんかの罪になるのか、あたし心配で。だから天馬さんに、打ちあけて相談しようと……」

「刑事事件や法律の相談なら、虹介さんにすべきでは？」

鳥越が言う。

今度こそ、朱火は言葉を失った。

「あなたがご相談したいのは、ほんとうに姉夫婦のことですか？　おれにはどうも、そうは思えないんですがね」

質問で追いつめながら、鳥越は一歩前に出た。逆に朱火が一歩退がる。

彼女の顔は蒼白だった。なにかをこらえるように歯を食いしばっている。鳥越を見る瞳に、はっきりと迷いがあった。

——あと一押し。

そう鳥越が確信したとき。

スマートフォンがけたたましく鳴った。

鳥越は思わず舌打ちした。間が悪い、と思いつつ液晶を覗く。

長下部からだった。ベテランの彼が、この大詰めに不用意にかけてくるとは思えない。

急いで画面をタップした。

「鳥越！　綺羅の様子がおかしい」

嚙みつくような長下部の声が、スピーカーから響いた。

「野郎、出刃を持って天馬に詰め寄ってやがる。駐在勤務員を呼んでこい！　刃物持ちに、おれ一人じゃあ分が悪い」

「すぐ行きます」

即答し、鳥越は通話を切った。だが駆けだす前に、細い手が袖を摑んだ。

朱火だった。長下部の声が洩れ聞こえたらしい。その頰はいまや、青を通り越して真っ白だった。

「刑事さん。――き、綺羅ちゃんを止めて」

あえぐように朱火は言った。

「乙次さんを殺したんは、たぶん綺羅ちゃんよ。……お願い。これ以上、誰も殺させないで」

2

十雪集落に駆けもどりながら、鳥越は駐在所に通報した。

「前線本部にも連絡しろ」と告げ、通話を切る。たった数分の距離が、一時間に感じられた。気ばかりあせる。背中とうなじの汗が、やけに冷たい。

「綺羅ちゃん！」

背中越しに、朱火の悲鳴が聞こえた。

鳥越は足を止めた。

宝生家の門を背に、綺羅が出刃包丁を構えていた。

その刃さきは、正面に立つ天馬と長下部に向いていた。形相が変わっている。ついさっき会ったばかりだが、顔全体が大きく引き歪(ゆが)み、別人に見えた。

「綺羅ちゃん、やめて！」

朱火の叫びが響く。

天馬はうろたえ顔で棒立ちだった。その横で長下部は腰を落とし、綺羅の隙(すき)をうかがっていた。堂に入った構えからして、柔道の有段者だろう。

「綺羅！　どんげした、落ちつけ！」

「そうよ、やめて！」

重なって飛んだ声は、飛竜と陽子のものだ。

綺羅のすぐ背後では、虹介と冨美が唖然(あぜん)としていた。なにが起こっているのか理解できないらしく、綺羅と天馬を交互に見やるばかりだ。

「綺羅ちゃん！」

ふたたび朱火が叫んだ。

ようやく妻の声が届いたか、綺羅の注意がそれた。

その刹那、長下部が走った。低い体勢から綺羅の腰に組みつく。綺羅の体が、後ろへ大きく傾いだ。

だが倒れそうになりながらも、綺羅は横に素早く出刃をふるった。

陽子の悲鳴が湧く。鳥越も息を呑んだ。

もし咄嗟に長下部が身をひねらなかったら、刃は彼の背中を裂いていただろう。だが無事と引き換えに、彼は組みついた綺羅を放してしまった。

綺羅が数歩、その場でたたらを踏む。

その隙に、鳥越は前に出た。天馬を後ろへ下がらせ、右に立つ長下部と連携を取る。左右から同時に襲いかかれるよう、目でタイミングをはかり合う。

綺羅が出刃を握りなおした。ゆっくりと刃を前に突きだす。

腰が浮いた、まるきり素人の構えだ。だが問題は、その目つきであった。

――野郎、覚悟を決めていやがる。

もうどうなってもかまわない。二、三人を道連れに死んでもいいと、居なおった者特有の瞳をしていた。

「得物を――棒をくれ！」

鳥越は怒鳴った。

「モップの柄でも竹竿でも、なんでもいい。誰か棒を持ってきてくれ、早く！」

鳥越は剣道二段だ。最近はろくに訓練できていないが、得物があれば素人の刃くらいは叩き落とせる。出刃さえ落としてしまえば、長下部と二対一だ。

きびすを返して走る陽子が、視界の端で見えた。

「大丈夫ですか！」

やや間の抜けた声が空気を裂く。ようやく駆けつけた駐在勤務員だった。

前へつんのめるようにして自転車を降り、走ってくる。自転車が派手に倒れる。

「おばあちゃん？」

怪訝そうな声も同時に湧いた。

宝生家の玄関扉を開け、姿を現したのは蓮華だった。菫の姉だ。見知った住人たちが集まっている光景に、目をまるくする。

その瞬間、鳥越と長下部の意識は駐在員に向いていた。飛竜は、駐在員と蓮華を見比べた。虹介は相変わらず呆然と立っていた。

動いたのは綺羅、次いで冨美だった。

綺羅が蓮華に向かって走る。冨美と虹介の脇をすり抜け、彼女に向かって手を伸ばす。あきらかに、人質にとる肚づもりだった。

「やめて！」冨美が叫んだ。

綺羅の手が蓮華を捕らえかけた、その瞬間。

黒い塊が彼を襲った。

綺羅は悲鳴をはなった。

鴉であった。横から飛んできた鴉が、彼の顔面に張りついたのだ。

綺羅は叫び、手足を振りまわした。自分を襲ったのがなんなのか理解できず、パニックに陥っていた。

その隙に、長下部が走った。

だが冨美が追いつくほうが早かった。冨美は蓮華を守るように、綺羅と彼女の間に割りこんだ。鴉を剥がそうともがく綺羅を、思いきり両手で突きとばした。

鴉が飛びたった。

綺羅がよろめき、後ずさる。その背が、いまだ立ちすくむ虹介にぶつかった。

「虹介さん！」天馬が声を上げる。

「来るな！」

綺羅がつばを飛ばして喚いた。

長下部が迫る一瞬前に、彼は虹介を羽交い絞めにしていた。

「来るな！　誰も寄るんでねえ！　下手な真似したら、こいつを殺すぞ！」

虹介の喉に、ぐいと刃を当てる。

全員が、その場に硬直した。

綺羅の眼球が膨れあがっているのを、鳥越は見た。いまにも眼窩からこぼれ落ちそうだ。

白目に血のすじが走っている。口の端には、こまかな泡を噴いていた。

「綺羅ちゃん、やめて」

朱火があえいだ。涙声だった。

「もうやめよう、綺羅ちゃん。ね？　自首しようよ。あたしも付いてくから」

綺羅は答えなかった。

朱火から顔をそむけている。見たが最後、決心が鈍る――と、その横顔が物語っていた。

「綺羅ちゃん！」

朱火は潤んだ声で夫を呼び、つづけた。

「あんた――乙次さんだけでなく、あの刑事さんまで殺したの？」

と。

次の瞬間、咆哮が空気を裂いた。

綺羅の声であった。吠えるような悲嘆の叫びだ。

その叫喚を、「違う」と鳥越はさえぎった。

「違う。綺羅さん――三ツ輪さん殺しはあなたじゃない。そうですよね？」

一歩、鳥越は前に出た。

綺羅との距離は、現在二メートルほどだ。得物を探しに行ったらしい陽子は戻らない。

素手で対峙するほかなかった。

「なぜなら、あなたには三ツ輪さんを殺す動機がない。楓花ちゃんをさらっても、なんの得もない。塙のことだって……」

鳥越はいったん言葉を切ってから、

「やつに、脅されたんですよね？」と問うた。

綺羅の肩がぴくりと反応する。

鳥越はつづけた。

「塙乙次は、二十数年ぶりに出所した。やつは社会の変化についていけず、頼る相手もいなかった。親はすでに亡く、頼みの綱の弟夫婦も病中だった。寄る辺なく市営団地で独居しながら、やつは今後の身の振り方を考えていた」

そんな矢先、塙は三ツ輪勝也の訃報を知った——。

「やつは、ミサヲさんが小金を貯めていたことを知っていた。それを狙って、あなたを脅しに来たんだ。そうでしょう？」

綺羅の顔が、ぐしゃりと歪んだ。

「あ、あいつ——。乙次の、野郎」

震える唇から、低い呻きが洩れた。

「あいつ、おれに言いよった。『延成会を追ってた元刑事がバラされた。たぶんおれもヤバい。会の手が届かねえ西へ逃げるけぇ、金を寄越せ』と……」

還暦を過ぎ、塙はめっきり弱っていた。金にも困っていた。

得意の強盗をはたらこうにも、世の中は彼には歯の立たぬオートロックや、スマートキイで溢れていた。

代わりに思いついたのが、強請だった。ミサヲが貯めた数百万の金を狙って、塙は綺羅を脅しにかかったのだ。

——綺羅。おめえ、辻の子じゃあねえよな?

——昔っから似てねえと思ってたぜ。おめえのおふくろも売春(ウリ)やってたもんな。誰の種だか、わかったもんでねえ。

——辻の種でねえと朱火に知られたくねえなら、金を持って来い。

辻十雪が女性会員に売春させていたことを、塙は知っていた。延成会と繋(つな)がりができるはるか前からだ。

「乙次のやつがガキの頃(ころ)に婦女暴行で捕まったんも、それさ。あいつ、五味さん家の静香さんに『売女(ばいた)なら、おれにもやらせろ』って迫りよった。静香さんの旦那(だんな)は会員でなかったから、やつを訴えて……」

呻く綺羅の手は、わなないていた。

虹介の喉に突きつけた刃先が、大きく上下にブレる。

「落ちついて」

鳥越は制した。

「落ちついてください。深呼吸して。……その婦女暴行での逮捕をきっかけに、塙は非行の道へ転がり落ちていった。成人後はやくざと繋がり、強盗殺人を犯すまでの悪(わる)になってしまった」

言いながら、また一歩綺羅に近づく。

隙とタイミングをはかっている長下部を、視界の端で確認する。

「だが、綺羅さん。あなたは塙を殺す必要などなかった。通報すればよかったんだ。やつの言いぶんなど、誰も信じやしない。電話一本でよかったはずだ」

「あんたらには、わからん！」

綺羅が吠えた。

「朱火が――あいつがおれを選んだのは、おれが、十雪の息子だからよ」

「そんな」

朱火の顔が歪んだ。

「そんなことないよ、綺羅ちゃん」

「いや、あるさ」

綺羅がかぶりを振る。

「おれがもし十雪以外の男の種だったら、おまえは天馬さんのとこへ行くでねえか。そんな――そんなの、おれには耐えられねえ」

血走った目で、彼は鳥越を見据えた。

「刑事さん、あんたらにはわからん。おれたちには、この狭い世界しかねえんだ。ここでおれたちだけで生きて、おれたちだけで死ぬんだ。おれの女は、朱火しかいねえ。朱火に去られたら、おれにはなにひとつねえ」

そのとき、頭上で鴉が鳴いた。

鋭い声だった。

その声に弾かれたように、虹介が突然、身をもがいた。綺羅を振りはらおうとし、首を大きく後ろに振った。その後頭部が、綺羅の鼻をしたたかに打つ。鼻血が散った。

「野郎！」

「綺羅ちゃん！」

止める間はなかった。

気づけば綺羅の出刃が、虹介の喉を真横に切り裂いていた。

ひどく手入れのいい刃だった。ぱっくり割れた傷口から噴きだす鮮血が、スローモーションで映った。

虹介は悲鳴ひとつ上げなかった。

目を見ひらいたまま、「しゅう」と吐息のような声をひとつ洩らし、その場に膝から崩折れた。

「いやあああああああああ！」

絶叫したのは、蓮華だった。

悲鳴があたり一帯を震わせた。

駆け寄る蓮華を、綺羅は呆然と眺めていた。己が虹介を殺したと、まだわかっていないような顔つきだ。鼻から顎にかけてが、真っ赤に染まっていた。

その綺羅を、長下部が横から押し倒した。

綺羅の手から出刃が飛ぶ。地面に落ちた刃を、鳥越は反射的に蹴り飛ばした。

長下部が綺羅をうつ伏せに押さえつけ、駐在員に向かって怒鳴る。

「おい、時間と手錠！」

「え、あ——ご、午後一時十八分」

「一時十八分、ひとまず銃刀法違反で現逮！」

駐在員が差しだした手錠を、長下部は綺羅の両手首に嵌めた。

「……ひとまずだ。殺人か傷害か傷害致死か、まだわからんからな」

虹介は妙にねじれた姿勢で、仰向けに倒れていた。その体に蓮華が取りすがっている。

涙で顔がぐしゃぐしゃだった。両の手も膝も、虹介の血で真っ赤だ。

「いや、死なないで、お願い」

その背後では冨美が震えていた。庭木にしがみつき、かろうじて身を支えている。

箒を手にようやく戻った陽子が、その場に唖然と立ちすくむ。

「死なないで、まだ駄目！」

蓮華の叫びが響く。

彼女はなおも叫んだ。

「まだ駄目。——教えて、楓花ちゃんはどこなの！」

鳥越の背が、ざわりと波立つ。

一瞬、時が止まった気がした。

たったいま聞いた言葉を、脳内で繰りかえす。反芻する。

ゼロコンマ一秒の間に、めまぐるしく頭が回転するのがわかった。肩から二の腕にかけて、一気に鳥肌が立つ。

「お願い、死ぬ前に教えて！　楓花ちゃんはどこにいるの！」

「あなた」

鳥越は、蓮華の脇にしゃがみこんだ。

ようやくすべての真相が彼の眼前にあった。

蒼白な横顔に、鳥越は呼びかけた。

「あなた――あなたは、〝由岐ちゃん〟か？」

二十六年前、サービスエリアから消えた少女。『寧々ちゃん事件』の前年に起こった事件だ。『高瀬由岐ちゃん神隠し事件』――。

「では、三ツ輪さん、は」

鳥越は唸った。

蓮華が、虹介を揺するのをやめた。

もはや虹介はぴくりとも動かなかった。脈をとるまでもなく、絶命していた。

幽鬼のような顔で、蓮華が鳥越を見る。

「……そうです」

彼女はうなずいた。

「そうです。元刑事さんは、わたしが高瀬由岐だと気づいたから、父に――宝生虹介に、殺されたんです」

3

「あなたは」

つばを呑みこみ、鳥越は問いを継いだ。

「あなたは、三ツ輪さんが虹介に殺されるところを、見たんですか?」

「目撃しては、いません」

涙で濡れた目で、蓮華は――由岐はかぶりを振った。

「でもあの夜、元刑事さんのことがニュースになる前に……。虹介が、わたしの部屋に入ってきたんです。わたしにタオルを投げつけて、『おまえのせいで、また人が死ぬ羽目になったぞ』と……」

白いはずのタオルは、血でべっとり染まっていたという。

「そのときは、意味がわかりませんでした。でも翌朝、天馬さんが死体を見つけたと聞いて……なにがあったか、理解しました」

三ツ輪が殺され、楓花ちゃんが行方不明とのニュースは、朝のラジオで聞いた。

その場には宝生家の全員がいたという。

虹介は由岐の背後にさりげなく立ち、肩を摑んでささやいた。

——よけいなことは言うな。

——おまえがいらんおしゃべりをすると、元刑事の孫娘は死ぬぞ。

「それであなたは、なにも言えなくなった？」

鳥越の問いに、由岐は無言で顔をそむけた。

なにより雄弁な、肯定の答えであった。

「……二十六年前、あんたをさらったのは、宝生虹介か？」

長下部が駐在員に綺羅を預け、ゆっくりと歩いてきた。地面に片膝を突き、由岐の顔を覗きこむ。

「はっきりは言わんでいい。うなずくだけで充分だ。……六歳のあんたを連れだした誘拐犯は、やつなんだな？」

顔をそむけたまま、由岐ははっきりと首を縦に振った。

長下部の顔が一瞬、憤怒に歪む。

鳥越は「怒るのはあとで」と目で制し、あらためて由岐に尋ねた。

「あなたへの詳しい聴取は、追っていたします。いまは楓花ちゃんの救出を優先したい。いいでしょうか？」

「も——、もちろん、です」

つかえながらも、由岐は即答した。いいぞ、と鳥越は思った。

人間は、当座の目標があれば動ける。楓花ちゃんの救出に集中するのは、警察だけでなく由岐のためにもなる。

二十六年前、由岐はわずか六歳で誘拐された。親からも友達からも引き離され、誘拐犯とともに生きる日々を強いられた。

無残としか言いようがなかった。想像するだに、薄氷を踏むような毎日だったろう。その過去を振りかえらせるのは酷だ。

——だが目的があれば、多少はまぎれる。

いつの間にかボス鴉がそばにいた。かるく目で合図して、鳥越は訊(き)いた。

「では教えてください。あなたは二十六年前、誘拐されてすぐに、この村へ連れてこられたんですか?」

「……いえ」

由岐が首を横に振る。

「ほかに監禁場所があったんですね。どこです?」

「じ、事務所」

あえぐように答えてから、由岐は言いなおした。

「一番最初は、『宝生法律事務所』に監禁されました。窓から見えたあの看板を、いまも覚えています。事務所は閉鎖されてて、誰もいなくって——。でもまだ賃貸料を払っていたから、使えたんです。鍵(かぎ)を持っていて出入りできるのは、虹介だけでした」

ただし彼女がそれらの事情を知ったのは、ずっとあとである。

幼い由岐は手足を縛られ、口をガムテープでふさがれ、冷たいタイルに転がされた。虹介が事務所から去ってしまえば、水すら飲めなかった。

彼は去る前に必ず、由岐の手足を縛ったまま洋式トイレに座らせた。戻ったとき由岐が便器の外に粗相していれば、容赦なく彼女を殴った。

「殴られると、そのあと数日、奥歯がぐらぐらしました」

由岐は静かに語った。

「事務所に人が来るときは、胎岳村の山小屋に移されました。……あの山小屋は、怖かった。風で一晩中揺れて、外から獣や野鳥の声がぎゃあぎゃあ聞こえてくるんです。『二度とあそこはいや。おとなしくするから』と泣いて頼んでも、虹介は聞き入れてくれなかった……」

唇を嚙む由岐に、鳥越は尋ねた。

「『宝生法律事務所』の建物は、まだ現存しますか？　虹介は出入りできます？」

「いいえ。解体されて、いまは駐車場です」

「では、山小屋のほうに楓花ちゃんがいる可能性は？」

「とっくに確認しました。でも、いませんでした」

由岐の口調に苛立ちが滲む。

「何年も誰も立ち入っていないのが、一目でわかりました。子どもが床に転がされたような跡もなかった。今回、あの小屋は使われていません」

「今回？」

鳥越は聞きとがめ、声音をあらためた。

「……安城寧々ちゃんをパチスロ店からさらったのも、虹介ですか」

「そう、です」

由岐の喉が引き攣れた。

誘拐されて、約一年後のことだ。虹介は突然「おまえが反抗的だから、代わりにほかの子をさらうしかなかった。おまえのせいだ」と言いだし、由岐を殴った。

——見ろ。おまえは悪い子だ。おまえのせいでほかの子まで犠牲になった。

——おまえは悪い子だ。全部おまえのせいだ。

——あの子がおれになついたら、おまえなんか用無しだぞ。

だが、ことは虹介の思いどおりには運ばなかった。

一週間ほど経ったある朝、虹介は由岐の顔に朝刊を叩きつけた。

朝刊の三面トップには、安城寧々ちゃんが遺体で見つかった、との記事が載っていた。場所は胎岳村の山中であった。例の山小屋の近くだ。

——糞わがままなガキだったから、捨ててやった。

——これ以上言うことを聞かないなら、おまえもこうしてやる。親にも友達にも、二度と会えないようにしてやる。

「それを、聞いて……諦めました」

由岐は絞りだすように言った。

「わたし、観念したんです。それからは反抗するのをやめ、虹介になついたふりをした。そうするしかなかった。殺されるのだけは——いやだったんです」

生きてさえいれば、いつか母に会えるかもしれない。

いつか家に帰れるかもしれない。

その一心で、彼女は虹介に服従する演技をした。

「虹介の女房ってのは、実在するのか？」と長下部。

「実在すると言えば、します。虹介さんはある女性と籍を入れていました。その女性は何年も前から行方知れずで、法律上の結婚でしかありませんが……」

「なんのためにそんなことを？」

「女性のほうは、債務整理をした後でした。生きなおすため、姓を変えたかったようです。虹介には既婚者の肩書を得ることで、己の嗜癖——小児性愛を隠すというメリットがありました」

「偽装結婚か」

長下部が唸った。

そういえば朱火が「虹介さんは集落に黙って、外の女と結婚した。子どもができてもお披露目もなし」と怒っていた。

お披露目などできる状況ではなかったのだ。街と村を往復する根無し草のような生活を利用し、虹介は嘘を積み重ねていた。

鳥越はすこし息を吸いこんだ。

そして、もっとも訊きづらい問いを発した。

「菫ちゃんは――誰が、産んだ子です？」

由岐の頬がぐしゃりと歪んだ。

「……菫には、言わないで」

言葉とともに、嗚咽が洩れる。

「言わないでください。お願い……」

鳥越は答えられなかった。彼に、その権限はない。由岐が菫の姉でなく母親であることを、言わないと確約できる立場にいない。

記録によれば、〝宝生蓮華〟は約二十年前に九歳で就籍した。

しかし高瀬由岐の実年齢は三十二歳である。つまり菫は、由岐が十七歳のときに産んだ娘だ。

「あなたは宝生蓮華として戸籍を得た。虹介に十雪集落の住民としての実績があり、天馬さんや飛竜さんとまとめての就籍だったから、とくにあやしまれなかったんでしょう。菫さんは病院で、蓮華の名で産んだんですか？」

由岐がかぶりを振る。

「まさか。そんなの虹介が許しません。……わたしは戸籍上、十四歳でしたもの。医者があやしんで、通報するかもしれない」

「ではどこで、誰が」

由岐の瞳が大きく動いた。その視線の先を追い、鳥越は呻いた。

「――あなたが、取りあげたのか」

冨美であった。虹介の実母だ。

「産婆は……過去に、何度もやっていたんです」

冨美が肩を落とした。

「でしょうね。『十雪会』では、自宅出産が推奨されていた。女性会員たちが助け合いながら出産していたんだ。おまけに虹介さんは法律や制度に詳しい。自宅出産での出生届の出しかたも、彼は心得ていた」

鳥越は冨美をまっすぐに見た。

「冨美さんが、はじめて由岐さんに会ったのはいつです?」

「……二十年前です。その子が、蓮華としての戸籍を持ったとき」

冨美は片手で顔を覆った。

虹介がある日突然、胎岳村のこの家に連れてきたのだという。「その子は誰。どこの子?」と仰天する冨美に、虹介は言った。

――今後、この子について村のやつらに訊かれたら、おれの娘だと言え。

――天馬さんたちが就籍したことは聞いたろうよ。ついでに、この子の戸籍も一緒に作った。名前は蓮華と付けた。

〝蓮華〟は、かつて辻みち子が生後数箇月で亡くした娘の名であった。

そのときの虹介は、冨美に〝娘〟の顔だけを見せ、そそくさと街に帰っていった。冨美が詳細を尋ねる暇はなかった。訊いたとて、息子がまともに答えないことはわかっていた。

「虹介は父親の言うことばかり聞いて、わたしのことなんか、てんで馬鹿にしとりましたから……」

苦々しげに冨美は言った。

冨美が次に由岐と顔を合わせたのは、五年後である。またも予告なしに、虹介が連れ帰ったのだ。

だが五年前に見たときと、少女は様変わりしていた。成長していただけではない。腹がせり出していた。あきらかに臨月の腹であった。

――陣痛の間隔が短くなっとる。もうじき生まれる。

――病院には頼れん。あんた、産婆の経験があるだろう。取りあげてやれ。

そのときはじめて、冨美は少女が虹介の実娘でないと確信した。

少女は栄養不良なのか、ひどく痩せていた。不自然なほど肌が白く、突きだした腹とは不釣り合いな、棒のような手足をしていた。

「わたしは……息子が、怖かった」

冨美は奥歯を噛みしめた。

「怖かった。逆らえんかったんです。だから言われるまま、赤子を……菫を、取りあげました」

「どこでです？　この家では無理ですよね？　赤ん坊の泣き声で、どうしたって天馬さんたちにバレてしまう」

「山小屋で、です。……その昔、蓮華が閉じこめられた小屋」

小屋には当然、ろくな設備などなかった。ひどく不潔だった。

だがさいわい、菫は五体満足で生まれ落ちた。呼吸が止まったり、臍の緒が絡むなどもなかった。

出産から八時間後、虹介はまだ出血と悪露が止まらない由岐を車に乗せ、赤ん坊ごと街へ戻った。

出生届および出生証明書は、たいていは出産した病院から渡される。必要事項を記入し、誕生後十四日以内に提出する。

虹介は赤ん坊の出生地を、胎岳村に決めた。そして出生届の用紙をもらいに町役場へ向かった。

役場には顔馴染みが多かった。それに十雪集落は、昔から自宅出産が多い。簡単に用紙がもらえることはわかっていた。天馬たちまで就籍したいま、赤ん坊を無戸籍にしておくのはリスクが高すぎた。

赤ん坊は〝蓮華〟からの連想か、菫と名づけられた。

出生届は基本的に提出者、つまり実父である虹介の身分証明書さえあれば出せる。母親の欄には、法律上の結婚相手の名を記した。助産師の名は〝辻みち子〟とした。母子手帳は「宗教上の理由で持てない」と説明した。

宝生父子が街を捨て、村に戻ったのはその九年後である。

虹介は移住前に〝妻を死なせる〟ことも忘れなかった。

「旅行先で妻が災害に遭った。一年以上経ったが、行方知れずのままだ」と家裁に申告。そののちに失踪届を出し、婚姻を正式に解消した。

なに食わぬ顔で、彼は集落に溶けこんだ。

四十代も後半になった虹介は、仲間に囲まれた安らかな余生を求めたのだ。出所後の塙と同じく、彼もまた己の老後を考えた。

「蓮華さんが高瀬由岐さんだと知ったのは、いつですか」

「つい三年前です。……わたしのことをやっと信用して、打ちあけてくれました」

冨美の声音は疲れきっていた。

「知ったときは、どう思いました？」

「驚きは、ありませんでした。薄うす察していたというか……」

冨美がもたれている木の枝に、鴉が一羽とまった。例のボス鴉だ。首をそらし、ボス鴉は「アア」と一声鳴いた。

「そうか」

鳥越は言った。

「そうか。――身代金要求の封書や電話は、あなたの仕業ですね？」

パズルの最後のピースが嵌まった気がした。

さっと冨美がうつむく。

「虹介の目当ては、金でなく少女そのものだ。すでに目的を達している虹介が、身代金を要求する必要はない。今回だけじゃなく、寧々ちゃんのときもあなただったんだ。そうですよね？」

当時の特捜本部が「靴下を〝ソックス〟と言うのは女性では？」と推測したのは、正しかったのだ。

「……ごめんなさい」

うつむいたまま、冨美は涙をこぼした。

二十五年前、冨美は偶然、山小屋にいる寧々を見つけた。

寧々は手足を縛られ、口をガムテープでふさがれていた。息子の仕業だ、と冨美は直感した。しかし彼女は虹介が怖かった。問いただすことも、寧々を逃がすこともできなかった。

「代わりに、なんとか息子があやしまれるよう、仕向けたくて……」

寧々ちゃんの家でなく、叔父の家に電話したのは故意ではない。電話帳で上に載っていたほうの家にかけただけだ。

冨美は、警察がどう逆探知するかを知らなかった。公衆電話から誰の家にかけようが、逆探知でたどれると勘違いしていた。自分が逮捕されたら「息子に電話しろと命じられた」と言えばいい。そう考えていた。

「もっとストレートに、通報しようとは思わなかったんですか」

「そしたら、わたしが通報したとすぐバレますもの。警察に保護される前に、息子にバレたら、なにをされるか……」

冨美はしゃくりあげた。

彼女はすでに夫を亡くしていた。胎岳村に移住した際、親きょうだいには縁を切られている。積極的な告発をする勇気もない。

しかし、なにかせずにはいられなかったのだ。

「寧々ちゃんの遺体を発見し、みち子さんに通報させたのもあなただ。――虹介が埋める前に、移動させたんですか？」

「様子を見に、山小屋へ何度か、通っていたんです」

冨美は泣きながら言った。

「わたしが逃がしたとはわからんように、あの子を逃がす方法を考えてました。だども、間に合わなかった。ある日行ったら、もう、死んでいて……。い、遺体はもう、ぼろぼろで」

山小屋の扉は開いていた。

いつ死んだのか、寧々の遺体は山の獣に食い荒らされていた。

「だ、誰かが見つけてくれるよう、山小屋から引きずり出して、あの子を道に置いておいたんです。……かわいそうだども、あのときばかりは、わたしでない誰かに通報してほしかった……」

だが半日待っても、遺体が発見された報せ（しら）はなかった。

しかたなく冨美は翌朝山に入り、はじめて発見したふうを装って、みち子に通報してもらった。

「……なんでわたしが逮捕されんかったんか、いまでもわかりません」

逮捕してほしかった、と冨美は声を落とした。

捕まえてさえくれたら、あらいざらいしゃべったのに――と。

鳥越は口をひらいた。

「あなたはいつから、虹介を恐れていたんです？　……さっきも由岐さんをかばうと見せかけて、綺羅を虹介のほうへ突き飛ばしましたね？　愛情より、恐怖が上まわったのはいつです？」

「ずっと、昔からです」

冨美は答えた。

「――あの子を一度も、可愛い（かわい）と思ったことがない」

血を吐くような声だった。

「だって、一度も抱いたことがないんですよ。産んですぐ引き離されて、この村に連れ去られた子です。わたしは……わたしは『十雪会』なんて、入りたくなかった。辻十雪を信奉していたのは、夫だけ。抱くこともかなわず、自分で育てられなかった息子に——わたしは、愛情を持てなかった」

反西洋医学、反ワクチンを掲げていた『十雪会』では、乳幼児の死が相次いだ。

十雪はそれを精神論で解決しようと、『体の強い子にするには、精神から鍛えるべし』『甘やかし禁止、抱っこ禁止、添い寝禁止』を会員に命じた。

冨美は呻いた。

「夫が『十雪会』の教えに傾倒したのは……わたしが虹介を妊娠してすぐです。気づいたら、夫は会員になっていました」

虹介をみごもる前、冨美は二度の稽留流産を経験していた。お腹の中で、胎児の心音が止まってしまうのだ。

今度こそ——と願った夫の吾郎は、神仏にすがった。あちこちの神社をめぐり、参拝をつづけるうち、辻十雪に出会った。

「新興の宗教団体だなんて、わたし、反対しました。でも夫は聞かなかった。その頃には、とうに十雪に心酔していました。帝王切開の直後で動けないわたしから、夫は息子を奪いました。『この子は生まれながらの会員だ。十雪先生に名付けてもらう』と言い、村に連れ去ってしまった……」

冨美の体調は、なかなか回復しなかった。

ようやく退院できたのは三週間後のことだ。病みあがりの体を引きずり、彼女は夫とわが子と合流した。

だがそこで待っていたのは、反文明、反西洋医学、自給自足の過酷な生活だった。

わが子を抱きあげることも、乳をやることも禁止だった。母親が甘い声で話しかけることすら、「軟弱だ」「腑抜(ふぬ)けになる」と戒められた。

「馬鹿なことを」

鳥越は顔をしかめた。

「赤ん坊にもっとも必要なのは、愛着形成だ。保護者と健全な愛着関係を築けた子どもは、その後も精神的に安定する。逆に生後数日中に愛情を受けなかった赤ん坊は、他人と愛情を結ぶのが難しくなる」

いい例が連続殺人者のテッド・バンディだ。

若くして出産したバンディの母は、彼を養育する自信がなかった。生後まもないバンディを施設に預け、里子に出すべきか否か両親と話しあった。結論が出たのは約二箇月後だ。その間バンディは劣悪な施設で、ほとんど話しかけられることもなく、ただ寝かされていた。

「……夫は会員の中でも、とくに十雪の教えに忠実でした」

だがわかっていても、冨美は村を出られなかった。産後の肥立ちが悪く、専業主婦ゆえ経済力もなかった。

わが子を捨てる決心が付かず、親きょうだいから縁を切られても、ずるずると村で暮らしつづけた。

「わたしは、弱かったんです。なにも決断できなかった……。十雪に心酔して別人になりはてた夫と、愛してもいない息子から、離れる勇気がなかった。一人になるのが、怖かったんです」

息子がおかしい――と気づいたのは、彼が八、九歳の頃だという。

親の目にもそら恐ろしいほど、虹介は情が薄い子だった。うわべを取りつくろうことだけ巧く、中身がなかった。がらんどうの人形に思えた。

「彼が小児性愛者だと知ったのは、いつです？」

「息子が、十八のときです。……子どもに悪さをして、逮捕されて」

虹介は、真の意味では賢くなかった。だが小利巧だった。すくなくとも、自分の生活圏で犯行に及ばない程度の知恵はあった。

「身元引受人は、父親ですね？　では父親の吾郎も、虹介の問題を知っていた？」

「もちろんです」

冨美はうなずいた。

「だって、虹介の偽装結婚を許可したのは……夫ですもの」

「どういう意味です？」

「虹介と籍を入れた女性は、シングルマザーだったんです。彼女には、まだ年端もいかない娘が、二人……」

吐き気のするような話だ。

長下部が、顔を歪めて唸った。

「『由岐ちゃん神隠し事件』は、吾郎の死後一年足らずで発生している。なるほどな。父親というストッパーがいなくなったからこその犯行か……。くそったれが」

最後の悪罵(あくば)は、鳥越も同感であった。

由岐は、寧々ちゃんの死を知ったことで観念した。その反応に虹介は満足したらしく、以後の誘拐事件は起こらなかった。

しかし、平穏な日々を破るように塙乙次が出所した。

孤田市議殺しを追いつづけていた三ツ輪が、彼の出所を知ったことから歯車は狂いだす。

三ツ輪は孫娘と遊ぶかたわら、胎岳村へ立ち寄った。

塙と会えるとまでは期待していなかったはずだ。ふらりと足を向けただけだろう。

だが彼は、宝生蓮華と会ってしまった。

正確には、彼女が高瀬由岐だと気づいてしまった。そして口封じのため、三ツ輪は虹介に殺された——。

「けったくそ悪(わ)りい事件だ。だがこれで、一連の事件の八割は解明できたな」

「ええ」

長下部の言葉に、鳥越はうなずいた。

「ですが、最大の謎がまだ残っています」

――三ツ輪楓花は、どこにいる？

最大かつ、最優先の謎であった。

長下部が派手に舌打ちした。

4

駐在員が装備する無線を借り、鳥越は前線本部に連絡を入れた。

「トリか、待ってたぞ。綺羅はどうなった」

桜井班長の応答が響く。駐在員は「綺羅が出刃を持ちだした」ところまでしか連絡を入れていなかった。鳥越は慎重に切りだした。

「綺羅の身柄は、無事確保しました。それより班長、三ツ輪さん殺しの犯人は、宝生虹介でした」

班長が息を呑むのがわかった。

「しかしながら、虹介は綺羅に殺害されました。綺羅のやつは、塙殺しを自白済みです。特捜本部に連絡し、至急パトカーを寄越してください」

「待て。綺羅が塙を……？　どういうことだ」

「すみません。詳しいことはあとで説明します。ですが宝生虹介が、三ツ輪さんを殺して楓花ちゃんをさらった犯人です。野郎がなにも言わず死んだせいで、楓花ちゃんの居場所は不明のままだ」

　桜木班長が、ひゅうっと喉を鳴らした。

　数秒の沈黙ののち、

「すこし待て。この無線を、特捜本部と繋ぐ。ＰＣも至急そっちへやる」

　との言葉が無線から響いた。

「くそ、三ツ輪さんを殺(や)ったホシを死なせちまったか……。これで楓花ちゃんを見つけられんかったら、Ｌ県警の名折れだぜ」

　呻いた声が、スピーカー越しにも震えていた。


「特捜から遊1。三ツ輪さん殺しのホシを殺害したマル被を、身柄確保中だと聞いた。間違いないか？」

　無線から捜査一課長の声が流れる。

「遊1から特捜。間違いありません。またマル被は、塙乙次殺しを警察官三名の前で自白しました。ならびに前述の宝生虹介を殺害した罪状で、現行犯逮捕です」

〝遊1〟は遊撃一班、つまり峠通りで割り振られた鳥越と長下部のコンビ名だ。班を再編成する時間がないため、そのまま流用した。

「マル被は、こっちへ護送する。志筑署からPCを二台向かわせた。……ええと、殺された宝生虹介が、楓花ちゃんをさらったんだよな？　楓花ちゃんの居場所を示す手がかりは、まったくなしか？」

「すみません。その前に」

　長下部が割りこんだ。

「二十六年前の『神隠し事件』の高瀬由岐さんを発見し、保護しています。判明している限りで、虹介は三件の幼女誘拐にかかわっている模様。『神隠し事件』『寧々ちゃん事件』、そして今回の楓花ちゃん誘拐です」

「なんだと⁉」

　課長の声に、驚愕(きょうがく)が走った。

「前線です。すみません」

　桜木班長がさらに割って入った。

「すみませんでした。……もっと早くおれたちがホシを割っていれば、虹介をむざむざ殺させやしなかった。野郎、三人の幼女を誘拐しただけでなく、三ツ輪さんまで――。がっちり手錠(ワッパ)を嵌めて、法廷に引きずり出すべき鬼畜でした」

　歯噛みせんばかりの語調だった。

「気持ちはわかる。だが、あとにしろ」

課長が制する。しかしその声にも、憤りははっきり滲んでいた。たてつづけの事実への驚愕を、早くも公憤が塗りつぶしていた。

「遊1から各局」

鳥越は無線に口を近づけた。

「虹介の体を探ったところ、チノパンツのコインポケットから鍵を一本見つけました。家の鍵などを下げたキイホルダーとは、繋がっていない鍵です。いまのところ、唯一の手がかりです」

「特捜から遊1。どんな鍵だ」

「よくあるタイプの、ピンシリンダー錠です。G社のマーク入りで、新品ではありません。どこの鍵かまでは……」

「さっき話に出た、山小屋の鍵では？」

駐在員が言った。

横から由岐が否定する。

「違います。山小屋の南京錠は数字を合わせれば開くタイプで、鍵はないんです」

「鍵に、番号が刻印されてますよ」天馬が言う。

「どこの鍵なのか、この番号が手がかりになるんじゃ？」

「いや」

かぶりを振ったのは長下部だった。

「その数字は住所を示すもんじゃねえ。鍵本体の刻みや深さなど形状をあらわす情報であって、ビルやマンションの場所は特定できん」

「弁護士事務所は……ああそうか、解体済みでしたね」

駐在員が「畜生」と髪を掻きむしった。

遠くからサイレンが聞こえた。みるみる近づいてくる。さきほど捜査一課長が言った、志筑署のパトカーであった。

サイレンを鳴らしたまま、二台が並んで農道に停まる。飛びだしてきたのは、四名の制服警察官だった。

「二台だけか？」と鳥越。

「いえ、まだ来ます。遺体搬送用のトラックも、あと十分ほどで着くかと」

「そうか、頼んだ」

手錠を嵌められた綺羅が、パトカーの一台に押しこまれた。もはや抵抗する気もないのか、彼は濁った目で空を見ていた。鼻血と返り血で上半身が真っ赤だ。すこし離れたところで、朱火が啜り泣いている。

鳥越は女性警察官を呼びとめ、由岐を指し示した。

「高瀬由岐さんだ。保護を頼む」

「了解です」

駆け寄った女警にうながされ、由岐がよろめきながら立ちあがる。彼女は肩越しに鳥越

を振りかえり、

「ほかにも、隠れ家があるはずです！」

と叫んだ。

「わたし、誘拐されて十日後くらいに、飲まず食わずで丸一日放置されたことがあるんです。正確な場所はわかりませんが、山小屋じゃなくアパートかなにかの部屋でした。楓花ちゃんは、そこにいるかもしれない。見つけてください！」

「見つけます」

鳥越は短く答えた。女性警察官に目で合図する。

彼女はうなずき、由岐を抱えるようにしてパトカーに乗せた。

「前線から特捜」

桜木班長の声が、無線から響く。

「二十五、六年前、虹介は父の同期だという弁護士のもとで働いていました。その事務所はどうでしょう？　やつの隠れ家になった可能性は？」

「待て。いま調べさせる」

課長が答えた。横にいる部下に、指示を飛ばす声が聞こえる。

鳥越は飛竜を振りかえった。

「虹介が最後に車を使ったのは、いつです？」

國松家の軽トラを、虹介は飛竜たちとシェアして使っていた。

飛竜が目を泳がせながら、必死に記憶を掘り起こす。

「き、昨日。昨日です」

「何時間ほどで、車を返しに来ました？」

答えあぐねる飛竜の後ろから、冨美が答えた。

「息子は一時間ちょっとで帰りました。午後一時前に出ていって、帰りは二時過ぎだったかと」

「往復で、一時間の距離か」

桜木班長が唸る。

「時速四十キロなら二十キロ圏内。六十キロで走ったとしても、三十キロ圏内だな。……総当たりで捜索するには広すぎる。もっと絞れんか」

「特捜から前線」

課長の声が割りこんだ。

「虹介が世話になっていた弁護士事務所は、駅前のビルにテナントとして入っていた。だが現在は外資系の保険会社が入っている。警備会社と契約しており、部外者が入れるセキュリティではない」

「前線了解」

応(こた)える桜木班長をよそに、鳥越は飛竜に尋ねた。

「ガソリンの減り具合はどうです？　もし高速に乗ったなら、範囲は三十キロ圏内どころじゃなくなります」

「そこまでは減っていません」

飛竜が答えた。

「でも、虹介が給油したかもしれませんよ」と駐在員。

「ガソリンが減りすぎていたらあやしまれるから、そのぶんを補給したかも。やつなら、それくらいの偽装工作はしたのでは？」

そのとき、長下部が駆け戻ってきた。軽トラの中を探ったらしく、右手にガソリンスタンドのポイントカードを持っている。

「遊1から特捜。E社のポイントカードを発見。番号を言います。至急、給油履歴を照会願います」

「特捜了解」

照会の結果、虹介は給油していなかった。

このカードを使わず給油した可能性もないではないが、ひとまず確率はぐっと落ちる。

捜索範囲は三十キロ圏内と見ていいだろう。

「冨美さん。虹介は個室を持っていましたか？」

鳥越は尋ねた。

「あ、ええ。はい。書斎があります」

「案内してください」

駐在員とともに、鳥越たちは宝生家へ駆けた。靴を脱ぐのももどかしく、家内に走りこむ。

虹介の書斎は、一階の突き当たりであった。

施錠されていたが、コインポケットにあった鍵とは合わなかった。しかし、キイホルダーに下がっていた三本の鍵のうち一本で開いた。

扉を開ける。

中の空気は、こもってよどんでいた。

四畳ほどの部屋に、スチールデスク、ゲーミングチェア、本棚、ソファベッドなどが整然と並んでいる。

スチールデスクの上にはノートパソコンがあった。立ちあげたが、当然ロックされていた。

「パソコンは科捜研へ渡すしかねえな。おれたちにパスワードの解析はできん」

窓の外では、サイレンがわんわんとうるさい。

パトカーおよび捜査車両が、続々と詰めかけているらしい。閉ざしたカーテンに、回転する赤色警光灯の光が透けていた。

まずは本棚をざっと眺める。風景の写真集が数冊と、Ａ５判の漫画が十数冊。そしてデータ保存用らしきＣＤ－Ｒがずらりと並ぶ。

鳥越はスチールデスクの抽斗(ひきだし)に手をかけた。

一番上の抽斗だけ、施錠してある。やはりキイホルダーに繋がった鍵で開いた。抽斗ごと抜き、ぶちまけた。

床に中身が散乱した。

預金通帳。印鑑。現金四万円が入った封筒。パソコンの保証書。水色のヘアクリップ。いちごとハート柄の靴下の片方。名刺入れ。腕時計。古い写真を収めた、ポケットアルバム……。

長下部がポケットアルバムをめくり、眉をひそめる。どんな写真かは想像に難くなかった。

鳥越は冷ややかに問うた。

「背景に、場所を特定できそうなものは写っていますか?」

「ないな。どの写真も背景は壁だ。野郎、なかなか心得ていやがる。……そのCD－Rの中身はわからんがな」

「まとめて科捜研に引き渡しましょう」

言いながら、鳥越は名刺入れを手に取った。

十二、三枚入っている。どれも虹介の名ではない。トランプのように広げ、文字にざっと目を通した。

「不動産会社の名刺があります」

鳥越は、駐在員の肩から無線のマイクを取った。

「遊1から各局。虹介の書斎から、不動産会社の営業社員の名刺を三枚発見。社名と住所を読みあげます。一枚目、『たかつか不動産』。たかつかは平仮名です。住所は小角市兼平(かねひら)町四丁目九番十五号。二枚目、『大塚(おおつか)ハウジング』。大小の大に、土へんの塚。住所は志筑市ほたる野(の)六丁目八番二号……」

読みあげながら、鳥越はぶちまけた抽斗の中身を見おろした。

いちごとハート柄の靴下は寧々ちゃんのものだろう。ヘアクリップには、リボンのモチーフが付いていた。腕時計はベルトがラベンダーカラーで、文字盤にスワロフスキーがあしらってある。

――どれも、あきらかに女児用だ。

鳥越は空いた片手でスマートフォンを取りだし、クリップや腕時計を撮った。

「特捜から遊1。これから各不動産会社に電話し、宝生虹介名義で借りられた部屋の有無を確認する。ほかに、あやしい名刺はないか？」

「残りの名刺は、昔所属していたらしい弁護士事務所と、その仲間ばかりです。抽斗からは女児用の靴下やヘアクリップなどが発見できました。スマホで撮った画像を、志筑署刑事課のアドレスに送ります。至急確認願います」

「特捜了解。捜索をつづけろ」

鳥越たちは、さらに部屋を探った。

すると、写真集のページの間から、ポケットアルバムがさらに数冊見つかった。大半は由岐を撮った写真であった。菫の写真がないことに、内心で鳥越はほっとした。

ソファベッドの下からは、ネオンカラーの靴下の片方が見つかった。

「楓花ちゃんの靴下か」

長下部が唸った。もう片方は一通目の脅迫状に同封され、すでに特捜本部が確保している。

「虹介の野郎、靴下がお好みだったようだ。俗に言う〝戦利品〟だな」

「これらを見つけた冨美が、身代金要求文にそれとなく盛りこんだり、片方を同封したりと頑張ったんですね。楓花ちゃんの靴下が片方紛失したことに、虹介は気づいたでしょうか？」

「当然気づいたろうよ。やつは、身内に裏切り者がいると察していた。だからこそ楓花ちゃんを、この家や山小屋には監禁しなかった」

「前線から各局！」

桜木班長の声ががなった。

「志筑市の『大塚ハウジング』が、宝生虹介に物件を貸し出しているそうだ。住所は、志筑市中樋町一丁目七番十九号……」

鳥越と長下部は顔を見合わせた。

「志筑市なら、飛ばせば二十分とかからん。鍵を持って向かう！」

長下部が無線に怒鳴った。

彼の言葉が終わる前に、鳥越は書斎を飛びだしていた。

アリオンは百キロ超で国道を疾走した。

ルーフでは赤色警光灯が回転していた。犯人の虹介はとうに死んでいる。騒ぎたてて刺激することへの心配は、もはやなかった。

ラベンダーカラーの腕時計は、楓花のものと判明した。三ツ輪直人が「今年の誕生日に買ってやったものです」と確認し、その場に泣き崩れたという。

「そこを右だ」

助手席で長下部が指示する。後部座席でなく、はじめて助手席に乗りこんでのナビゲーターであった。

――志筑市中樋町一丁目七番十九号。『メゾン中樋』二〇三号室。

十七年前から、宝生虹介が借りている物件であった。

家賃は月二万八千円。築三十三年の木造1Kアパートである。ストリートビューによれば二〇三号室のすぐ横に外階段があり、住民の目に付くことなく出入りできる。

アリオンは国道から市街地に入った。スピードがぐっと落ちる。

眼前の十字路は赤信号だ。突っ切ろうとしたが、サイレンが聞こえなかったらしい軽自動車に邪魔された。鳥越は慌ててブレーキを踏んだ。

――くそ、あと数キロで着くのに。

歯嚙みしたとき、フロントガラスに黒い影が差した。

「うわっ」長下部が短く叫ぶ。

鳥越は瞠目した。

鴉であった。行く手を阻むかのように、大きく羽を広げている。

フロントガラスにぶつかる前に鴉はさっと回避し、電線まで飛びあがった。

鳥越はアリオンを路肩へ停めた。

「おい、なぜ停ま——」抗議しかけた長下部に、

「あそこじゃない！」

鳥越は怒鳴った。

「は？　なにを……」

「『メゾン中樋』に、楓花ちゃんはいません。時間の無駄だ」

シフトをPに入れ、無線マイクを摑む。

「遊1から胎岳！」

「胎岳ですどうぞ」

駐在員の声が答えた。

「確認一件頼む。書斎の抽斗にあった、虹介の通帳を見てくれ。『大塚ハウジング』以外で、不動産会社の引き落としはあるか？」

「す、すこしお待ちください。どうぞ」

通帳をあらためている気配のあと、

「ありました！」駐在員が叫んだ。

「『ＳＳホームズ』です。でも、毎月じゃありません。毎年一月末日に、十四万四千円の引き落としがあります」

「遊1から各局！」

鳥越は呼びかけた。

「不動産会社『ＳＳホームズ』に、いま一度問い合わせを願います。ただし宝生虹介名義じゃない」

息をかるく吸い、吐きだす。

「――吾郎です。やつは息子の悪癖を知った上で隠し、かばっていた……。宝生吾郎の名で契約した物件はあるか、問いただしてください」

数分後、アリオンは志筑市から約七キロ離れた石舟町に向かって疾走していた。

――石舟町東海丘（ひがしうみおか）七丁目二八八二番五号。『うみおか荘』一〇二号室。

吾郎が、三十二年前に契約した物件であった。

「三十二年前ということは、虹介はまだ二十一歳か。……くそったれが。まだガキに毛が生えたようなもんじゃねえか」

長下部が吐き捨てる。

「ですがその頃から、吾郎は息子の本性を知っていた。しかし叱るどころか、進んで隠れ家を提供した。己の名に傷を付けたくなかったか、それとも『十雪会』の看板をかばったのか……」

言いながら、鳥越はハンドルを切った。

アリオンは市境を越えた。道路標識に『石舟記念公園』の文字が見える。標識を過ぎ、住宅街に向かってさらに走る。

「あそこだ！」

長下部が指をさす。

『うみおか荘』は、外壁に雨染みのすじをいくつも滲ませた木造アパートだった。外柱も外階段も、びっしり赤錆に覆われている。雨樋は割れ、修繕の跡すらない。

アリオンが完全に停まる前に、長下部はドアを開けて飛びだした。一階端の扉に、迷いなく駆け寄る。鳥越も走った。

長下部が鍵穴に鍵を差しこんだ。

差しこみ、まわす。かちりと音がして錠が開いた。

扉を開けはなつ。

「楓花ちゃん！」

上がり框の向こうに、白い足が見えた。裸足だ。足はデニムのスカートに包まれていた。女児用のフリルスカートである。

裸足の爪（つま）さきが、ぴくりと動くのが見えた。

5

西に落ちた陽（ひ）が、空いちめんを茜（あかね）に染めていた。

その茜を背景に、電線や茂る枝や群れ飛ぶ蝙蝠（こうもり）が、繊細な影絵を成している。

十雪集落は、静まりかえっていた。

みな警察署や病院に行ってしまったのだ。ある者は取調室に、ある者は検査入院に、ある者はその付き添いに――。

だが、一人だけ残っている人物があった。

前に見たときと変わらぬ姿勢で、同じ切株に腰かけている。そして、同じ緩慢な動作で餌を撒いている。

みち子であった。

彼女のまわりには、やはり鴉たちが群れていた。

嘴（くちばし）を伸ばし、せっせと肉をついばんでいる。都会の鴉ならば見向きしないような、硬く臭い肉である。ただし、新鮮なことは間違いなかった。

「――こんばんは。みち子さん」

声をかけ、鳥越は彼女に近づいた。

「三ツ輪楓花ちゃんを、無事に保護できましたよ。脱水症状を起こしていましたが、命に別状はありません。……問題は心的外傷（トラウマ）のほうですがね。こればかりは、時間をかけて癒（いや）していくほかない」

みち子に反応はなかった。

口の中でぶつぶつとつぶやきながら、餌を撒きつづけている。なにを言っているかは、まるで聞きとれない。

「菫ちゃんは、由岐さんのいる病院へ学校から向かいました。心の傷といえば、彼女もそうだ。これからいやでも己の出生について知ることになる……。そんな彼女に、おれたち警察官はなにもしてやれません。あとは福祉の出番です」

彼女の正面に、鳥越はしゃがんだ。

満腹になったらしい数羽がみち子から離れ、鳥越のほうへ寄っていく。

「天馬さんから聞きましたよ。……特養老人ホームへの入所が、すでに決まっているそうですね」

ささやくような声だった。

「それがいいと思います。世の定説は〝ご老人を住み慣れた土地から離すのはよくない〟ですが、あなたは違う。あなたはここを離れたほうがいい。――いや、もっと前に出ていくべきだった」

みち子の視線は地面に落ちていた。

鳥越には一瞥もくれない。存在すら知覚していないふうだ。

かまわず、鳥越は言葉を継いだ。

「楓花ちゃんの身代金を要求する一通目の封書。あれ、変ですよね。冨美さんは、警察の目を虹介に向けさせたかったはずだ。なのに辻家に届くのは妙ですよ」

ため息をついた。

「冨美さんは、よほどあなたを頼りにしていたんですね。朱火さんも、あなたは『集落のお母さん』だったと言った。以前のあなたは聡明で、面倒見のいい女性でした。なぜあなたのような人が辻を選んだのか、残念でならない」

いや、それともあなたの意向ではなかったのかな——。鳥越は言った。

「辻十雪は、お父上のお気に入りだった。六十年前の社会は、いまとはまるで価値観が違った。あなたのお父上は神職で、名のある立場でした。あなたはお父上に逆らえず、やつと結婚したのかもしれません」

東の空が紺に呑まれつつある。

夜のとばりの色だ。時間とともに、黒みを増す濃紺であった。

「ともかく冨美さんは、いまだあなたを頼みにしていた。あなたが認知症で、もはや別人同然とわかっていても、ことをいざ起こす前には会わずにいられなかった」

一通目の封書を用意した冨美は、みち子に会いに行った。いまのみち子に話しかけても無駄と知っていながら、封書を携え訥々と語りかけた。

だが、みち子には一言も理解できなかった。

彼女は冨美の手提げから封書を抜くと、いたって無邪気に自宅へ持ち帰った。

「二十五年前、あなたはまだ認知症としてはまだら症状だった。しっかりしているときもあれば、われを失っているときもあった。これは素人の想像ですが――あなたの認知症を進行させた原因も、心的外傷（トラウマ）かもしれませんね」

みち子は二番目の子を、生後数箇月で亡くしている。

胎岳村は無医村だった。辻は西洋医学全般を否定していた。当時の十雪集落では、新生児の約一割が死亡したという。

「みち子さん」

鳥越は声を低めた。

「――安城寧々ちゃんを撲殺したのは、あなたですね？」

木立ちが、風でざわりと鳴った。

「冨美さんは、遺体を発見したときはじめて寧々ちゃんを見たんじゃない。その前に、山小屋であの子を見つけています。それはあきらかに、彼女一人の手には負えない事態だった」

そのときも冨美は、みち子に相談したはずだ。目に浮かぶようだった。「山小屋に、知らない女の子が監禁されている」「きっとニュースで観（み）た子だ。どうしよう」と泣きついた。

「あなたには当時、すでにまだら症状が出ていた。冨美さんもそれを知っていた。だがしっかりしているときのあなたは、依然として頼り甲斐があった。症状が出ていないときを狙って、彼女はあなたを山小屋に連れていった」

だがみち子は、冨美が考えたよりずっと不安定だった。脳も思考も、ひどく危ういバランスで保たれていた。

縛られ、転がされた少女を山小屋で見て、みち子は動揺した。冨美はそれに気づかなかった。

その瞬間、みち子の口のガムテープを剝がし、不用意に名前を尋ねた。

「――三ツ輪さんの手帳を、読みましたよ」

鳥越は言った。

「三ツ輪さんたちが訪問したとき、あなたは取り乱したそうですね。三ツ輪さんは黒のセダンを目撃したせいだと解釈した。だがおれは、違うと思います。――あなたは寧々ちゃんの〝名前〟に反応したんですね？」

みち子は答えない。

もはや少女の名を聞かされても、反応することはない。耳に入っていないのだ。みち子の心は、はるか遠くへ飛んでしまっている。

「おれはこう見えて、意外と本を読むんですよ。人間の友達がいなくて暇でしてね。――柳田國男の『海上の道』によれば、鼠は全国津々浦々において、忌言葉で呼ばれる生きものなんだそうです。ヨモノ、ヨメサマ、ヨモノヒト……。これらは〝黄泉の人〟に通じる忌言葉らしい。

忌言葉ってのは、ハリポタのヴォルデモートみたいなもんです。表立って口に出すのがためらわれる言葉だ。昔の人びとにとって、鼠は黄泉、すなわちあの世と通じる不吉な生きものだった」

陽が、完全に落ちたようだ。

あたりはすっかり暗い。

「沖縄あたりでは鼠はユムヌと呼ばれ、福島北部や信州南部などではヨモノと呼ばれるそうです。どちらも〝黄泉の者〟に近い呼称ですね。しかし東北地方では違う。〝アネサマ〟〝ウエノアネサマ〟などと呼ばれるんです」

鳥越の声は、どこか悲しげだった。

「おれは思いだしたんです。警察学校時代、男子寮に鼠が大発生したときのことをね……。東北出身の同僚が、鼠をアネサマ、ネネサマと呼んでいましたっけ。そしてみち子さん、あなたの母上も東北の人だ」

鴉が一羽、また一羽とみち子から離れ、鳥越に寄り添う。

「志筑署で供述中の冨美さんに、さっき隙を見て尋ねましたよ。彼女は、おれの仮説を肯定してくれました。――『十雪会』は殺生禁止だった。殺虫剤も殺鼠剤も使ってはいけなかった。あなたたちはとくに鼠に悩まされた。だが辻の手前、愚痴を言えない。だから女性会員の間では、鼠を〝ネネ〟と隠語で呼んでいたとね」

鼠算（ねずみざん）と言うだけあって、駆除しなければ鼠は増えに増える。親が毎月十匹前後の子を産み、子がさらに孫を産むからだ。

そして成長するや、餌を求めて傍若無人に走りまわる。

「鼠は鴉と同じく、雑食です。しかし鴉よりもはるかに貪食（どんしょく）だ。やつらは一日に、自分の体重の三分の一ほどの餌を食う。その鼠たちが数十匹と走りまわる中に、生まれたての赤ん坊をうっかり置いておいたなら――」

生後数箇月で死んだという、みち子の娘。

十雪会の教義に従って、娘は母親から引き離されていた。甘やかせば強く育たないと言われていた。

抱かれることなく、集落の地べたに置かれていた赤ん坊は――。

「――鼠に食い殺されたんですね、あなたの娘は」

鳥越は沈痛に言った。

「悲劇だ。それだけでも無残な悲劇だというのに、辻は鼠の駆除を拒んだ。わが子を食った鼠すら『殺すな』と命じられたあなたの心境を思うと――。壊れて当然だ、とおれは思いますよ」

だからみち子は、鼠を殺しつづける。

もはや辻のいない集落で、鼠を捕らえては殺し、切り刻んで鴉に投げ与える。

心を壊したのちも、彼女は復讐せずにはいられない。

「安城寧々ちゃんの名が、鼠の隠語と同じだったのは不幸な偶然です。〝ネネ〟という音を聞いて、あなたは錯乱した。そして寧々ちゃんを襲った。山小屋は道具小屋を兼ねていたから、先切玄能も置いてあったでしょう」

冨美は、惨劇を止められなかった。

みち子は少女を撲殺してしまった。

しかしみち子は、その事実を忘れた。正気のときの彼女が覚えていないのを確認し、冨美は寧々ちゃんの遺体を山道に引きずり出した。

虹介は、みち子の犯行だとは知らない。逮捕されても彼女の名を出すはずがない。どうか虹介が早く捕まりますように、と冨美は一心に祈った。

しかし運悪く、当時の捜査本部は混乱していた。虹介は警察の手をすり抜け、逮捕されずじまいだった。

「おれの部下に、なかなか優秀なやつがいましてね。水町というんですが」

鳥越は言った。

「こいつに『十雪会』に対する当時の訴訟や、苦情のたぐいをまとめてもらったんです。そのまとめを見ていたら、薄うす察していた事情がはっきり見えた。……辻十雪は、家庭を壊す名人でしたよ」

みち子の手は、いつの間にか止まっていた。

肉がなくなったのだ。

「夫婦のうち片方を、まず自分に心酔させる。『無理やりにでも、子どもと財産とともに胎岳村へ来い』とそそのかす。わが子を奪われた妻や夫の多くが、泣く泣くあとを追って移住しました。みながみな、真正面から戦えるほど強くないですからね」

冨美や堤依江もそうだった。

同じ境遇、と冨美が言ったのはそれだ。子どもを連れ去られ、経済的にも独り立ちできない妻は、夫を追って合流するしかなかった。

また五味静香や杉崎菊子のような、暴力夫に悩む女性もいい獲物だった。辻と出会い、彼女たちは信仰にすがった。甘言に乗せられ、言われるがままに出奔した。

だが待ち受けていたのは、やくざの仲介で体を売らされる日々だった。

夫が会の顧問弁護士だった冨美は、その運命をまぬがれた。辻の本妻であったみち子もだ。

だが等しく、幸福にはほど遠い生活であった。

「今夜のニュースは『十雪会』が独占ですよ。四十年前に隆盛をきわめた謎の団体。指導者の息子による殺人。二十年以上にわたる連続幼女誘拐に、暴かれた主婦売春。あまりにも酸鼻だ。ワイドショウが大喜びです」

鴉の最後の一羽が、鳥越に寄り添った。

「辻十雪の息子たちには、子どもが一人もいない。どのみち滅びる運命でしたが、これでとどめでしょう。——おれにはこの滅びは、あなたたち女性の呪(のろ)いが成就した結果に思えますよ」

みち子は微動だにしない。切株に座ったまま、目を虚空に向けている。

彼女の周囲に、もはや鴉は一羽もいなかった。

すべての鴉は、いま鳥越の側(そば)にいた。

鳥越は右手を上げた。

鴉たちがいっせいに飛びたつ。凄(すさ)まじい羽音が起こり、すぐに静まり——。

あとには、闇だけがあった。

「長年、あいつらに餌をやってくださって、ありがとうございます」

鳥越は会釈した。

「ご心配なく。おれはなにも言いません。冨美さんも、取調べであなたの名は絶対に出さないと言っていた。では、さようなら」

二度とお目にかかりません——。

鳥越はきびすを返した。

なまぬるい夜気が頬を撫(な)で、吹き過ぎていった。

6

翌週の金曜、鳥越は長下部と繁華街に繰りだした。

一軒目は、長下部の馴染みだという居酒屋だ。店がまえこそ小体ながら、各地の銘酒を取りそろえた店であった。

鳥越は普段、あまり日本酒を飲まない。しかしこの日ばかりは長下部に付き合った。辯天、久保田の萬寿、雪紅梅、菊姫と、次つぎ盃を空けた。

肴は旬のすずきの刺身や、鱚のてんぷら、山菜などが供された。

「虹介のノートパソコンを、科捜研が解析しましたよ」

こごみの胡桃和えをつつき、鳥越は言った。

「由岐さんや寧々ちゃんだけでなく、総勢十八人の画像データが収められていたそうです。余罪ざくざくってやつですね」

「正直、訊きたいわけじゃねえが――、菫の画像もあったか？」と長下部。

「不幸中のさいわいで、ありませんでした」

鳥越はかぶりを振った。

「小児性愛者は自分の実子だろうと手を出す者と、近親には手出ししない者とに分かれます。虹介は、どうやら後者だったようです」

「高瀬由岐ちゃ——由岐さんの具合は、どうだ?」

「身体的には問題なく、受け答えもしっかりしているようです。ですが、精神的にはこれからでしょうね。中程度のストックホルム症候群と、慢性的な鬱症状が見られるそうです。今後長い時間をかけて、ケアしていく必要があるでしょう」

「そりゃそうだ」

長下部が、ぐいと盃を干した。

「二十六年間の監禁生活だぞ? 赤ん坊が、いっぱしの社会人になる以上の年月だ。よく耐えられたと誉めてやりたいぜ。行政はあらゆる手を尽くして、あの子を支援してやるべきだ。それができなきゃ、近代国家とは名のれん」

「同感です」

うなずいてから、鳥越は嘆息した。

「ですが、複雑な気分ですよ。虹介を法廷で裁かせたかったと思う反面、死んでくれてよかったとも思う。長い監禁生活について、由岐さんに証言台で語らせるのはあまりに酷ですからね」

「まったくだ」

長下部はメニューをひらいた。

「ところで、おれはこの特上牛たたきというのが食いたい。おまえはどうだ? まだ腹に余裕はあるか?」

二軒目は行かなかった。長下部の希望で、鳥越のアパートでの宅飲みと決まった。

道中のコンビニで買いこみ、狭い１ＤＫアパートに転がりこむ。

「そういえば、市議殺しのほうはどうなんです？」

発泡酒のプルトップを開け、鳥越は尋ねた。

「進展している」

長下部が短く答えた。

「葬られかけた事件が進展したことに、上は戸惑ってるがな。だが、なんとかなるだろう。二十六年前とは、上層部がそっくり入れ替わっている。当時のお偉いさんはほとんど死んじまった。警察の面子（メンツ）上ほじくり返せない部分もあるが、菰田市議が事故死でなかったことは立証できそうだ」

「それはよかった」

鳥越は言った。本心だった。

「三ツ輪さんのご家族とは会いましたか？」

「会った。直人くんに礼を言われたよ。おれは、なにもしちゃいねえのにな」

長下部は面映ゆそうだった。

「楓花ちゃんの件だけじゃねえ。市議殺しに進展があったこと、『十雪会』と市議会の癒着（ゆちゃく）に迫れそうなこと、すべてに礼を言われた。なにもかも親父の悲願でした、と言われてな……」

「大団円ですね」

「ひとまずは、な。あくまでひとまずさ。辻十雪のようなやつは、今後も出てくるだろうしな。そして悪党にだまされる人たちもだ。……むしろ善人ほど、あの手の教義にハマっちまうんだ。おれの叔母が、そうだった」

缶の菊水を舐めるように飲む。

「なにしろ、おれたちの親世代だ。女だというだけで進学できず、ろくな職もなく、自己実現に飢えていた。有能さを発揮したい、認められたい、社会の役に立ちたいという欲求があった。そこを、おかしな教義のやつらに付けこまれた」

「新興宗教の多くが、ワンオペ育児中の母親を狙うとも言いますね」

鳥越は相槌を打った。

「孤独で、体力も気力も弱っているところに付けこむ。本来ならば、自治体が彼女たちの受け皿になるべきなんです。だが、肝心の地方自治体も疲弊している……」

こつ、と音がした。

掃き出し窓のガラスだ。

目をやると、ベランダに鴉が一羽来ていた。例のボス鴉である。濡れ濡れとした黒い瞳で、室内を覗きこんでいた。

「中に入れてもいいですか？」

鳥越は長下部を振りかえった。彼にならら見せてもいい、という気がした。

立ちあがり、掃き出し窓のサッシを開ける。ちょこちょことボス鴉が歩いて入ってきた。

長下部が目をまるくする。

「飼ってるのか？」

「いえ」

鳥越は首を振った。部屋を横切り、冷蔵庫を開けた。

取りだしたのは、スーパーで買ったポテトサラダのパックだった。ボス鴉の好物なことは、とっくに把握済みだ。

「飼ってはいません。一緒に飯を食ってるだけです」

「ふうむ。おまえ、やはり変わってるな」

「気味悪いですか？」

「ふん」長下部は鼻から息を抜いた。

「マルBや反グレどもに比べたら、鳥に餌をやる男なんて可愛いもんだ。鴉は頭がいいと聞くしな。……おお、見ろよ。行儀よく食いやがるぜ」

ポテトサラダをつつくボス鴉に、長下部が目を細めた。

「今度、長下部さんの家にも呼んでくださいよ」

鳥越は微笑した。

「愛妻のモモさんに会ってみたい」

「駄目だ」

ぴしゃりと長下部が断る。

「うちの女どもは、全員面食いなんだ。美男俳優だのアイドルだのに、常にきゃーきゃー騒いでいやがる。おまえのようなやつを見たら、狂喜して離さん」

「娘さんもいるんですか」

「おう。二人な」

さいわい妻似だ、と付けくわえる。

「面食いなら、奥さんはなぜ長下部さんと結婚したんです？」

「そこはおれにも謎だ」

長下部は真顔で首をひねった。

「女房は警察学校の一期下でな、補修科のときに出会った。おまえも知ってのとおり、警察学校の男にはゴリラと猪(いのしし)とオランウータンしかいない。おれはあの中じゃ、一番マシなゴリラだったのかもしれん」

「それは、わかる気がします」

鳥越も真面目(まじめ)にうなずいた。確かにいかつい容姿で不愛想だが、長下部はいい男だ。彼の妻は、男を見る目がある。

ボス鴉が満足そうに喉をそらした。

さらに一時間ほど飲んだのち、長下部は床で寝息を立てはじめた。
鳥越は掃き出し窓を細く開けた。
涼しい夜気が吹きこんでくる。入れ替わりのように、ボス鴉が隙間から出ていった。
ボス鴉が飛びたつのを見送り、鳥越はサッシを閉めた。
長下部を起こさぬよう静かに歩く。
飲み残しの酒を冷蔵庫にしまい、ふと思いたって玄関へ向かった。
ドアポストの受け箱を確認する。
ここ十日ほど、覗きもしていなかった受け箱だ。
十数通、届いていた。電気会社や通信会社からの料金通知。生命保険会社からの封書。
ダイレクトメール。その中に交じって、絵はがきがあった。
宛名面を見る。伊丹光嗣からだった。リターンアドレスはない。
鳥越ははがきを裏がえした。
夏の海が印刷されていた。端に、細い筆跡で走り書きがある。
——落ちついたら連絡します。光嗣
どうやら沖縄の海らしい。鳥越は目を細めた。
いちめんに広がる、透きとおるような青だった。

エピローグ

高架下に生えた木々も、はびこる蔦も濃緑に染まっていた。

また季節がめぐったのか、と彼女は思い知る。この季節を、この時期を、あれから幾度も迎えてきた。

眼前には灰いろの空が広がっていた。

高架橋を行きかう車群。臭う排気ガス。バックファイアの音。子どもの笑い声。屋外用のスタンド灰皿からは副流煙が流れ、自動ドアが開閉するたび、揚げ油や出汁の香りが漂ってくる。

彼女はバッグを探り、ゆっくりとしゃがむ。取りだしたチョコレートの箱を、その場所にそっと置く。

両の掌を合わせ、目を閉じた。

——いつか、還ってきてください。

拝んでいるのではない。彼女は祈っていた。

——どうか、お願いします。

誰に祈っているかは、彼女自身にもわからない。

神さまかもしれなかった。

彼女自身は無宗教者だ。娘を失ってからというもの、あらゆる宗教に勧誘された。そのすべてを撥ねつけてきた。しかし、神を信じていないわけではなかった。既存の宗教に救いを求めないというだけだ。

――どうか、どうかお願いします。

そのとき、バッグの中で着信音が鳴りはじめた。

電話アプリの着信音だ。このメロディは夫からである。彼女はのろのろとバッグを探り、スマートフォンを取りだした。

――おまえ、どこにいる？

夫が耳もとでがなる。

どこって、知っているでしょう。彼女は答えた。われながら物憂い声が出た。しかし夫は意に介さず、妙に力んだ口調で告げた。

――驚くなよ。じつはいま、警察から電話があって。

え、と彼女の口から呻き(うめ)が洩(も)れる。

まさか、と思う。

まさか、まさかそんな。

彼女の膝(ひざ)が力を失い、かくりと折れる。

まさかついに、その日が来たのか。

わたしのあの子の死体が、骨が、どこかで見つかったのか。

生きてはいまいと思っていた。覚悟していた。でも、聞きたくなかった。突きつけてほしくなかった。

だが夫はつづけた。

——由岐が、あの子が見つかったんだ。

彼女はいま一度、え、え、と言う。

空気が洩れたような、力ない声だ。

——由岐が見つかったんだ。わたしたちのあの子が、生きている。

え、と言ったきり、声が出ない。たったいま聞かされた言葉が信じられない。

脳のどこかが麻痺している。現実を受け入れられない。

——聞こえてるか、おい。由岐が生きていたんだぞ。

夫の口調にも、現実味はなかった。

弾んでいない。ただ戸惑っていた。

喜んでいいのか。信じていいのか。ぬか喜びで終わらぬ保証がどこにあるのか、と危ぶんでいた。この二十六年間で得た、悲しい自己防衛であった。

——警察署に保護されているそうだ。いまから、向かうぞ。

夫の声は震えていた。危ぶみ、疑いながらも、震えている。

その震えが、すこしずつ彼女に伝播した。

折れかけた膝も、スマートフォンを持つ手も、さざ波のようにこまかく震えだす。その波が、次第に大きくなっていく。

——おまえ、あのサービスエリアにいるんだよな？

——迎えに行くから、待っていろ。

通話が切れた。

彼女は震えながら、頭上を仰いだ。

鴉（からす）が群れ飛んでいた。怖いほどの大群だ。降りてくる様子は、やはりない。ここに置いた菓子を、一度も狙（ねら）わなかった鴉たちだった。

——鴉がお墓のお供えを取っていくんは、仏さんが成仏した証（あかし）なんて。

祖母の声が、脳内によみがえる。

——逆に鴉が取っていかんとな、みんな『仏さんへの供養が足りとらん』言うて、こぞってお供えを増やしたもんよ。

ありがとう。彼女はつぶやく。

ありがとう。二十六年間、取っていかないでくれて。わたしたちをただ見おろしていてくれて、ありがとう。

気づけば彼女は泣いていた。

こらえきれぬ熱い涙が、いくすじも頬（ほお）をつたった。

本書はハルキ文庫の書き下ろし小説です。

ハルキ文庫

凶獣の村（きょうじゅうのむら） 捜査一課強行犯係・鳥越恭一郎（そうさいっかきょうこうはんがかりとりごえきょういちろう）

著者 櫛木理宇（くしきりう）

2024年5月18日第一刷発行

発行者 角川春樹

発行所 株式会社角川春樹事務所
〒102-0074 東京都千代田区九段南2-1-30 イタリア文化会館

電話 03(3263)5247(編集)
03(3263)5881(営業)

印刷・製本 中央精版印刷株式会社

フォーマット・デザイン 芦澤泰偉
表紙イラストレーション 門坂 流

ISBN978-4-7584-4636-5 C0193 ©2024 Kushiki Riu Printed in Japan
http://www.kadokawaharuki.co.jp/ [営業]
fanmail@kadokawaharuki.co.jp [編集] ご意見・ご感想をお寄せください。

櫛木理宇の本

業火（ごうか）の地

捜査一課強行犯係・鳥越恭一郎

その炎は
愛も絆も、憎悪までも
焼き尽くす

発売即重版の前作に続く
待望のシリーズ第二弾！

ハルキ文庫